# Dos tardes
# para leer juntos

por Sergio del Molino

Editor invitado
de la colección Dos tardes
en Alianza

Dos tardes no bastan para conocer a una persona. Dos tardes
no bastan para leer a un escritor. Pero dos tardes sobran para
enamorarse. Dos tardes sobran para que las amistades echen a
andar. Esta nueva colección de Alianza reivindica la profundidad
que se esconde en la ligereza de dos tardes. Ese es el tiempo
medio que los lectores pasarán con estos libros. La esperanza de sus
autores —y la mía, padrino del invento— es que estas dos tardes
sean solo las primeras que los lectores pasen en compañía del
escritor objeto de cada título. El propósito es que se contagien del
entusiasmo de quienes los recomiendan y se sumerjan en su obra.

Hemos invitado a algunos de los mejores escritores
contemporáneos en español a que compartan su pasión por un
autor clásico incluido en la Biblioteca de autor de El libro de bolsillo
de Alianza Editorial. No hay aquí lecciones magistrales ni
monografías de especialista, sino entusiasmo genuino de escritor a
escritor. Grandes maestros de ayer contemplados con los ojos de
los maestros de hoy.

La literatura, placer solitario e íntimo tanto para quien escribe
como para quien lee, no ofrece muchas ocasiones para socializar
los entusiasmos. Con esta colección queremos llevar las grandes
conversaciones literarias a las manos de todos los lectores.
Y pasar juntos dos tardes que no olvidarán.

# Dos tardes con Jules Verne

Un diminuto ensayo
de Laura Fernández

 **Alianza** editorial
El libro de bolsillo

 dos
tardes

Primera edición: octubre de 2025

Diseño de colección: Estrada Design
Diseño de cubierta: Manuel Estrada

PAPEL DE FIBRA
CERTIFICADA

© Laura Fernández, 2025
   por mediación de MB Agencia Literaria, S.L.
© Alianza Editorial, S. A., Madrid, 2025
   Calle Valentín Beato, 21
   28037 Madrid
   www.alianzaeditorial.es

ISBN: 979-13-7009-093-7
Depósito legal: M-12916-2025
Printed in Spain

# Índice

He aquí una pequeña parte de la historia, y el sentido, del (ESCRITOR) que fue siempre, inevitablemente, (PERSONAJE), y a la vez apasionante (ALMA IRREDENTA) e (INCOMPRENDIDA) de aquello que la (IMAGINACIÓN) hace con la (REALIDAD), ¿y qué hace? Oh, (CREARLA), siguiendo su propia, y única, (TRAMA)

# 1

(OBSÉRVENME) (ALGÚN DÍA SERÉ ALGUIEN) (UN AL-
GUIEN IMPORTANTE) / Una fotografía, una leyenda,
ninguna barba / (OH, NO, JULES NUNCA ESTUVO
AQUÍ) / ¿Por qué ha desaparecido la carta del astronauta Frank? / El Robinson suizo / La (TIERRA)
es una isla desierta

Es inconscientemente atractivo. Posa de perfil, con los
brazos cruzados. Lleva algún tipo de lazo caballeresco
anudado al cuello. Mira inconcreta aunque ceñudamente hacia ninguna parte, y su mirada, decidida, aún
ilusa, *bravísima*, dice (OBSÉRVENME) (ALGÚN DÍA SERÉ
ALGUIEN), oh, en realidad, dice (OBSÉRVENME) (NADIE
LO SABE AÚN, PERO ALGÚN DÍA SERÉ ALGUIEN) (TAL VEZ
YA LO SEA) (UN ALGUIEN *IMPORTANTE*) (AUNQUE, ¿SABEN?)
(EL MUNDO JAMÁS VA A ENTENDERME), dice también esa
mirada fervorosa, en algún sentido pubescente, invencible.
Oh, ¿de veras, *Jules*? ¿(EL MUNDO) jamás va a entenderte?
(NO), responde esa mirada recelosamente encantadora,
la mirada de un Jules Gabriel Verne —ese era su nombre
completo, hijo de Pierre y Sophie, hijo de un abogado
*poeta*, un abogado poeta de versos descuidadamente

insulsos, y de la *hija* de una familia de armadores y navegantes– de tan sólo 24 años, o puede que 23, porque es probable que la leyenda que descubro en el reverso de la postal, la postal de tamaño generoso que *preside*, estos días, mi desordenada mesa, no sea correcta. ¿O lo es, y el señor Lottman, *Herbert*, está equivocado? Porque el señor Lottman, Herbert, su más fiable biógrafo, sostiene que debió de ser en otoño de 1851, es decir, un año antes de que se tomase la fotografía –que la leyenda del reverso afirma, fue tomada en 1852, cuando el escritor hacía las veces de secretario en el Teatro de la Ópera, el (THÉATRE LYRIQUE), de París, y había decidido ya dedicarse a la escritura, convencido de que sería un (GRAN) dramaturgo–, cuando Jules tuvo su primer ataque de parálisis facial.

Oh, sí, el asunto de su icónica, frondosa, *lobodemaresca* barba tenía otro fin, además del de hacerle parecer algún tipo de (SABIO), o, bueno, algún tipo de (GRAN ESCRITOR), o simplemente un escritor (SERIO) –como el por entonces en la cresta de la ola del melodrama patriótico social Victor Hugo–. El fin era el de *esconderle*. Porque, durante temporadas, un lado de la cara, simplemente, se le torcía. Luego mejoraba, sin más. La primera vez que le ocurrió y que la cosa mejoró –una vez anterior a la toma de esa fotografía que preside estos días mi desordenado escritorio–, le escribió una carta a su madre. Oh, era algo que hacía a menudo. Era algo que hacía todo el tiempo, en realidad. Escribir cartas a sus padres. Lo que dice en la que escribió después de que se le pasase ese primer ataque de parálisis facial da buena cuenta de la clase de adorablemente cómico amante de la tragedia —de la tragedia entendida como algún tipo de *heroicidad*, un obstáculo insalvable, una exploración *ártica* existencial— que fue. Escribe Jules: «He recuperado mi rostro de majestuosos rasgos», y podría añadir (MAMÁ), pero no lo hace, continúa, dice, «ya lo tengo igual de alegre por un lado que por otro. Hago todas las muecas que quiero y estoy en condiciones de silbar las mejores tragedias del mundo». Y esquiva el drama, lo salva, le inserta eso que hará de Phileas Fogg, el maniático protagonista de *La vuelta al mundo en ochenta días* —tan *alma gemela* del autor, que, oh, ya verán, contiene aún una parte de su alma *obsesivo compulsiva*—, un personaje tan, en su aparentemente inexpugnable infalibilidad, estrambóticamente *falible*.

En esa misma carta le cuenta a su madre, Sophie, que le han aplicado corrientes eléctricas, y que las corrientes le han dado fiebre. (OH, MI PEQUEÑO), podríamos imaginar que se dice Sophie, mientras lee eso que su venturoso hijo ha escrito, o también podríamos imaginar que se dice, cansada, harta, de no recibir otra cosa que quejas de su venturoso aunque decididamente indolente, aprovechado, gorrón, hijo, (CLARO, ¿ACASO VA A OCURRIRTE ALGO BUENO ALGUNA VEZ, JULES?), porque, a juzgar por la clase de cartas que escribe Jules Verne a sus padres a los 23 años, en el lejano, y en extremo adulto, 1852 —una época en la que los jóvenes no podían permitirse ser jóvenes, tenían que ser cualquier cosa, (ENSEGUIDA)—,

Jules seguía comportándose como un niño. Como un siempre *averiado*, o necesitado de atención —y la atención tenía siempre que ver con su estado de salud, pues, y esto era algo que los padres sabían, sufría una hipocondría *modélica*, ejemplar, a buen seguro relacionada con un ensimismamiento patológico, con un exceso de interés en sí mismo— bebé gigante, un bebé gruñón y a la vez seductor, tan siempre ocurrente, tan único en su condición de exagerado centro del mundo.

Un año antes de dejarse fotografiar con la mirada inconcretamente perdida, y el pelo rizado revuelto, embutido en un oscuro abrigo, o gabán, de aspecto aterciopelado, polvoriento, *beatnik*, Jules estudia en París, se niega a trabajar y solicita cada vez mayores sumas de dinero a sus padres, por carta, siempre en ese orgulloso y *principesco* modo víctima, puesto que sufre de horrendos problemas digestivos por culpa de no poder comer en restaurantes adecuados. Oh, quiere decir *buenos*. Ya ha decidido que le trae sin cuidado que su padre quiera que sea procurador como él, esto es, *abogado*, porque lo que él quiere es escribir. Ya ha conseguido el título —«Me preguntas por el título, querido papá, pero hace ya mucho que me lo dieron [...]: sólo falta el juramento, que es cosa de 50 francos»—, y su padre quiere que regrese a casa donde podrá poner en práctica lo aprendido, trabajando en su bufete, durante dos años. Pero Jules se niega. «¡Me dedico a escribir y si mis obras no dan fruto ahora, esperaré!», le responde, siempre ambiciosa, siempre tan poderosamente convencido, ese brillo en la mirada voluntariosa, (OBSÉRVENME) (ALGÚN DÍA SERÉ ALGUIEN). «Sobre todo, no creáis que, si me quedo, es para pasármelo bien, pero es que hay una fatalidad que me tiene clavado aquí. Puedo ser un buen escritor y sería un mal abogado, pues no veo de las cosas sino el lado cómico y las facetas artísticas, y no me tomo en serio la realidad tal y como es», añade, y se diría que tal sinceridad, y *bravura*, tal confianza en sí mismo le llevó a no sólo querer conocer a los Dumas, padre e hijo —ambos, Alexandre—, sino a convencer al hijo de que escribieran juntos una obra de teatro, su *primera* obra de teatro, algo llamado *El envite*, que estrenó, además, en su teatro, el teatro de los Dumas —sí, Dumas padre era una *estrella*, la estrella de *Los tres mosqueteros*, y, por supuesto, *El conde de Montecristo*, tenía un puñado de *órdenes* de caballero, y no lo sabía pero apenas le quedaban 20 años de vida, un infarto iba a llevárselo al Otro Mundo, el año en el que Jules publicaría *Veinte mil leguas de viaje submarino*, 1870—, y después, por todo lo alto, en Nantes, su *gótica*, y medieval, su extrañamente portuaria —la atraviesan cinco ríos, el más famoso de todos, el caudaloso Loira—, ciudad natal. La pequeña megalópolis era puro *muelle* en la época en la que nació Jules. Tanto era así que el señor Lottman, Herbert, asegura que el jardín trasero de casa de los Verne no era otra cosa que un (MUELLE). ¿Y cómo no iba un niño que había crecido ante no el mar sino el *atlántico* Loira, a imaginar que *navegaba*, y recorría el mundo, que formaba parte de exclusivos clubs de exploradores, y extendía mapas ante abigarradas mesas, apartando catalejos y cartas llegadas de quién sabía qué otros confines del mundo? No podía *no* hacerlo, y menos en aquel *viejo* e indagador tiempo en el que todo, o casi todo, estaba aún por hacer, o descubrir.

Jules había nacido el 8 de febrero de 1828, ¿y adivinan qué? El día en que me hice con la fotografía que estos días preside mi desordenada mesa era un 8 de febrero de 197 años después. (LO SABEN, ¿VERDAD?), les dije a las dos empleadas del (MUSÉE JULES VERNE), el (MUSÉE) en el que me hice con ella, el (MUSÉE) que por todo *souvenir* vende bolígrafos a un euro con cincuenta con la firma de Jules Verne *estampada*, y algunos libros, chapas *warholianas* (la cara de Jules es *fucsia*, el fondo, amarillo), ediciones que simulan ser primeras ediciones de sus (VIAJES EXTRAORDINARIOS), y tan fabuloso retrato de un Jules al que la vida no sonreía aún de la manera en que él esperaba que lo hiciera, (OH, JULES, ¿LO HIZO ALGUNA VEZ, EN REALIDAD?), ellas fruncen el ceño, el par de empleadas del (MUSÉE JULES VERNE) fruncen el ceño, y yo también debo de hacerlo, porque me extraña, sonrío. ¿Acaso no saben que hoy es su cumpleaños? Les digo (HOY ES SU CUMPLEAÑOS). Me miran. ¿El cumpleaños de quién?, preguntan su par de ceños. Oh, es una chiflada, dicen también. (¿JULES?) (¿JULES VERNE?) (HUBIERA CUMPLIDO AÑOS HOY), digo. (CLARO), dicen, cayendo en la cuenta de que es cierto, y de que *nada* se ha hecho al respecto, ¿y debería? Hay un descuidado grupo de visitantes que nada sabe de ello en el piso de abajo. Una de las empleadas les guía por las estancias. En ningún momento menciona el hecho de que, bueno, aquel día es un día ligeramente más especial que el resto. Lo hubiese sido para Jules de haber seguido *vivo*. Pero tal vez para ellas cada día sea el mismo día repetido, o puede que Jules tuviera razón, y nadie jamás haya pensado en él tan *íntimamente* como para recordar el día de su cumpleaños, ni siquiera aquellos que tienen un trabajo que no existiría si él no hubiera existido. ¿O no debería algo que vive de él *recordarlo*?

Yo lo recordaría, *Jules*.

Uhm, ¿saben? La primera vez que visité el modesto (MUSÉE JULES VERNE) era aún valiosísimo. Les diré por qué. Pero antes déjenme confesarles que creí, bueno, di por hecho, o simplemente leí en algún lugar, que Jules Verne había vivido allí. El (MUSÉE JULES VERNE) se encuentra en una especie de colina. En el número 3 de la rue de l'Hermitage. Sus vistas sobre la ciudad, y el Loira, son napoleónicas. ¿No tenía sentido que aquel también napoleónico escritor, que una mente tan admirablemente ambiciosa, hubiese crecido ante semejante espectáculo? (OH, EL MUNDO) (AH, EL MUNDO), como diría Ishmael. Me abrí camino entonces por cada estancia de la imponente pequeña vivienda con aspecto de observador astronómico diciéndome que el hombre sin el que el mundo no habría sido el mismo, el hombre sin el que nuestra imaginación (ESO QUE SOMOS TAMBIÉN, Y SOBRE TODO, EN TANTO ESPECIE *NARRATIVA*) no se habría atrevido a desarrollar la *trama* científico onírica como lo ha hecho, había estado (ALLÍ). Había, qué demonios, *crecido* (ALLÍ). Había subido y bajado por aquellas escaleras. Había dibujado *barcos* en pedazos de papel, arrodillado en aquel suelo, quizá sobre algún tipo de alfombra. Se había sentado ante la mesa de la cocina, con un tazón de leche, mientras leía *El Robinson suizo*, de Johann Wyss, el libro, la novela, que de tal forma conectó con su *abandonada* alma, el alma de, para siempre, un náufrago que no pretendía volver a casa, sino abrirse camino, heroica y solitariamente, en ese otro mundo al que nadie más que él tenía acceso, (¡EL MUNDO, SU PROPIA ISLA DESIERTA!), que le impelió a dejarlo todo, y *perseguirse*, perseguir el sueño de la evasión *escrita*. Pero ¿lo había hecho, en realidad?

(OH, NO, JULES NUNCA ESTUVO AQUÍ), deja bien claro el folleto que da la bienvenida al, definitiva e inexplicablemente, ya no tan valioso (MUSÉE JULES VERNE). «Aunque Jules Verne nunca vivió en esta casa», es lo primero que puede leerse en él, «tuvo que venir bastante a menudo para contemplar el río desde esta altura, allí donde se convierte en la puerta de alta mar y el camino de la aventura», añade, y esto último se lo atribuye a Julien Gracq, el escritor, maestro de un simbolismo histórico fantástico, y profesor de Historia y Geografía, y amante de la obra de Jules Verne, esos (VIAJES EXTRAORDINARIOS) que el también viajero —oh, sí, Jules viajó, ¡a bordo de sus propios barcos, y de transatlánticos!— escribió incluso *ciego*, a mano, *siempre*, en cuadernos de letra minúscula y amontonada en el margen izquierdo, como si la página estuviera dividida en columnas invisibles, y en una, la derecha, todo fuese especulación y *sueño*, y en otra, la izquierda, la realidad de la historia se *posase*, como un pájaro enorme, y mágico, como el texto que iba a convertirse en el (VIAJE) siempre (EXTRAORDINARIO). ¿La razón de la pérdida del valor de tan curioso enclave —que aún conserva parte de la vajilla, y la cubertería, una silla, maquetas de sus tres barcos, *Saint-Michel* I, II y III— tiene algo que ver con esa *desposesión*, con ese ilusorio espejismo que, juraría, en ningún caso, la primera vez, se desmentía, y tal vez ese sea el motivo de que el folleto se abra precisamente advirtiendo que ese lugar no es lo que parece, que puede que si subes a un tren y te diriges a Amiens, la ciudad en la que el escritor se instaló, de forma consciente, y *querida*, militantemente *lejos* de París, y todo aquel nunca suficiente reconocimiento, veas su escritorio, y su famoso, por modesto, despacho, pero que allí no vas a ver (NADA DE ESO)? No, no lo tiene. La razón de la pérdida de valor tiene que ver con aquello que el (MUSÉE) poseía. Poseía manuscritos *retachados* por el propio Jules, manuscritos *originales*, con anotaciones de su querido editor, Pierre, Pierre-Jules Hetzel. Poseía, también, una carta que Jules escribió con ocho años y que parecía el relato de un mosquetero. Estaba fechada en 1836, y la encabezaba el nombre del autor, con una elegantísima caligrafía infantil, *envuelto* en un *círculo*, encerrado en su propia *isla*. Tenía un pequeño agujero, y dobleces aquí y allá. Oh, era aquella carta un auténtico (TESORO) que podía observarse durante el tiempo que se considerase oportuno. Era (REAL), y estaba ahí mismo, la tinta de la pluma que debía de sostener el pequeño Jules aún poderosamente visible, como lo está el pigmento en una obra de arte. ¿Y dónde está ahora? (OH, ALGUNAS DE LAS COSAS ESTÁN *GUARDADAS*), dice una de las dos empleadas. ¿Algunas de las cosas? ¿Y no son todas las cosas que importan las que están guardadas? Porque ¿dónde está la carta de Frank Borman?

Existía una carta, en el viejo (MUSÉE), que parecía haber sido escrita por un personaje de Jules Verne que hubiese viajado en el tiempo. En realidad, lo era. Era la carta de un habitante del futuro que Jules no sólo imaginó sino *permitió*, pero que no llegó a pisar. Oh, la condenada diabetes sin diagnosticar. Todos esos atracones de comida. Jules, ¿en qué estabas pensando? ¿Qué demonios te pasaba? ¿A qué venía tanta ansiedad? ¿Eran los tipos de la Academia? ¿Esos tipos que (NUNCA JAMÁS) te quisieron? (¡MALDITOS SEAN, JULES!). Disculpen, no pretendía adelantar ningún tipo de acontecimiento, pero es cierto que Jules Verne murió de un ataque de una diabetes no diagnosticada el 24 de marzo de 1905. Tenía 77 años. Acababa, de hecho, de cumplirlos. Jules desarrolló diabetes por comer demasiado. Su obsesión desatada también le volvió *bulímico* en una época en la que comer demasiado era lo contrario a sospechoso. En cualquier caso, de ninguna forma podría haber pisado el escritor el futuro en el que el personaje que parece sacado de una de sus novelas le escribió la carta que podía verse en el (MUSÉE JULES VERNE) después de ¿qué? Sí, (VIAJAR AL ESPACIO). Frank Borman era astronauta. Nació en 1928. En 1928 hacía 23 años que Jules Verne había muerto. Pero sus novelas seguían por todas partes. Borman creció leyéndolas. E imaginando que, como Impey Barbicane, y el capitán Nicholl, como, sobre todo, el piloto del proyectil con aspecto de *cañón* —el proyectil que primero debía imaginarse para luego poder llegar a existir, como la propia profesión de (ASTRONAUTA)— Michel Ardan, conseguía *viajar* a la Luna. Al final, lo hizo. Y decidió que estaría bien escribir una carta a Jules Verne. Para darle las gracias. Borman fue comandante del Apolo 8. Fue comandante de la primera misión del Programa Apolo. La misión se llevó a cabo en 1968 y consistió en circunnavegar la Luna, y observar su cara oculta. La cara oculta de la Luna. No le contó todo eso a Jules. No le habló de que probablemente él y sus otros dos únicos compañeros de tripulación, Jim Lovell y William Anders, se fuesen a dormir (ALLÍ ARRIBA) pensando en Michel Ardan y en cómo quizá nada de eso hubiera sido posible, o no hubiera sido posible de la exacta manera en que lo estaba siendo —no olviden que el diseño del cohete *cañón* de Verne inspiró el diseño de todo cohete *real*, e hizo avanzar la (TRAMA) de la Humanidad en el sentido más soñadoramente improbable y sin embargo posible—, sin él, sino que simplemente le dijo que, de no ser por sus novelas, jamás se habría permitido

imaginar que algún día podría estar (AHÍ ARRIBA), ob-
servando la cara oculta de la Luna, y nuestro planeta,
la Tierra, como la fascinante y astronómica canica que
parecía desde tan mágicamente lejos. Era una carta
preciosa. No iba dirigida a Jules Verne, por supuesto.
Iba dirigida a su nieto. El hijo de su hijo Michel. Oh,
qué tormentosa la relación de Jules con su hijo Michel,
y qué gran escritor llegó a ser Michel. ¿Por qué murió
*tan* joven? ¿Era joven? Tenía 44 años. Lo curioso es
que murió días antes que su padre. El mismo año, el
mismo mes, pero *antes*.

Disculpen.

La carta.

Iba dirigida a Jean-Jules Verne, el nieto de Jules. Borman
hablaba directamente con él, y le daba las gracias en nombre de la tripulación del Apolo 8, porque ¿acaso exis-
tirían siquiera los astronautas de no haber sido por su
abuelo? Era una carta emocionante. Era una carta preciosa. Pero eso ya lo he dicho. He dicho también que
la carta ya no está en el (MUSÉE), y ¿por qué? Quién sabe. La
cosa es que los pocos originales que había han desaparecido. Han desaparecido sus diarios. Los diarios en
los que anotaba el número de palabras que había escrito. Recuerdo que la primera vez que visité el (MUSÉE),
la guía que lo atendía entonces le contaba en francés a
un grupo de coreanos que viajaba con su propia intér-
prete que Jules era un maniático de lo numérico. Que
no tenía suficiente con escribir a todas horas —logró
completar 65 novelas en 42 años, novelas que escribía

primero a lápiz, y luego pasaba a tinta, cuidadosa y ve-
lozmente— sino que jugaba a contar palabras y elabora-
ba extraños laberintos aritméticos, pasatiempos para su
propio consumo, con cada párrafo que escribía. ¿Hablaba con sus padres, por carta, sobre el recuento constante en el que vivía inmerso? Oh, no lo hacía. Tampoco podría haberlo hecho. Puesto que por la época en
que se escribía obsesivamente con ellos, la época en la que
su aparatosa hipocondría hacía de cualquier intercam-
bio una tragedia francamente delirante, aún no conocía
a Pierre-Jules Hetzel. ¿Que quién fue Pierre-Jules Hetzel? Oh, fue su (EDITOR), y también fue, se diría, su
(CREADOR), porque podría decirse que Pierre-Jules *in-
ventó* a Jules Verne. Es curioso. Qué distinto sería el
mundo, pienso, si Hetzel y Verne no se hubieran conocido. O si el Verne con el que Hetzel se cruzó hubiera
leído más, y mejor, y su teatro hubiese tenido algún sentido. Y con algún sentido quiero decir (ÉXITO). Aunque
de nada habría servido *nada* si Jules no hubiese leído a
un pastor llamado Johann Wyss.

Como él mismo admitió —en un texto inédito hasta
los años 30 del siglo pasado, ocho páginas supuestamente escritas para satisfacer la curiosidad de «los jóvenes
lectores del *Goahl's Companion* de Boston» respecto a
«cómo surgió en mí esta vocación de escribir», que fueron adquiridas en una venta pública en Londres por la
Fundación Martin Bodmer, y se encuentran en la Biblioteca Bodmeriana, en un lugar llamado Cologny, a
las afueras de Ginebra, a orillas del lago Lemán—, «de

todos los libros de mi infancia, el que yo estimaba más era *El Robinson suizo*, más aún que *Robinson Crusoe*. Sé muy bien que la obra de Daniel Defoe tiene más alcance filosófico. Es el hombre reducido a sí mismo, el hombre solitario, el hombre que encuentra un día la huella de un pie desnudo en la arena. Pero la obra de Wyss, tan rica en hechos e incidentes, es más amena para los niños. Es la familia, el padre, la madre, los niños y sus diversas aptitudes. ¡Cuántos años he pasado yo en su isla! ¡Con qué ardor me unía a sus descubrimientos! ¡Cómo envidiaba su suerte! Por eso, no sorprenderá que me haya visto irresistiblemente empujado a poner en escena en *La isla misteriosa*, a Robinsones de la ciencia, y en *Dos años de vacaciones*, a todo un pensionado de Robinsones». ¿Es así como funciona? ¿Un escritor se queda *atrapado* en aquello que le fascinó cuando el mundo era aún (ENORME) y (MISTERIOSO) para él, y trata, una y otra vez, de *rescatarlo*, trata de *rehabitarlo*, insiste e insiste, porque sabe que sin eso no existiría, porque, en realidad, no puede no hacerlo, encerrado como está en esa idea (FABULOSA) de sí mismo ante el mundo, o esa idea (FABULOSA) del mundo *revelándose*, por primera vez, en tanto algo apasionantemente inacabable, algo repleto de (POSIBILIDADES), ante él? Es así como funciona. Y basta echar un vistazo a cualquiera de las afectadas, y *heroicas*, páginas de *El Robinson suizo*, para entender cómo dieron forma a la aventura según Jules Verne. «No sin trabajo logramos subir hasta la cima, y ante nuestros ojos se extendió un vasto panorama. Por más que miramos, ni siquiera utilizando el catalejo pudimos descubrir el menor rastro de seres humanos. La naturaleza se presentaba ante nosotros en toda su primitiva belleza, y sin embargo, la falta de todo auxilio humano parecía sentirse más intensamente», escribe el *pastor* Wyss. Y también, más familiarmente: «Mira tú por dónde, tenemos que ingeniárnoslas, como hacen los salvajes, para fabricar los más elementales objetos de uso cotidiano. Acabo de hacer una cuchara que no es mucho mejor que la tuya, y para usarla vamos a tener que abrir la boca hasta las orejas». Esto último es parte de un diálogo entre el padre —narrador de la historia— y sus hijos, al que sólo responde uno de ellos, Federico. No es de extrañar, teniendo en cuenta lo que Jules revela en esas ocho páginas que permanecieron inéditas hasta 1931 —el año en que fueron adquiridas por la Biblioteca Bodmeriana—, que *El Robinson suizo* llamase su atención, puesto que de lo que habla en ellas es de cómo le marcó, de niño, crecer «en medio del movimiento marítimo de una gran ciudad comercial, punto de partida y de llegada de muchos viajes de larga distancia».

«Vuelvo a ver el Loira con sus múltiples brazos unidos por una legua de puentes, sus muelles atestados de carga bajo la sombra de olmos enormes aún no surcados por la doble vía del ferrocarril y de las líneas de tranvías. Algunos barcos están en el muelle formando dos o tres filas. Otros suben o bajan el curso del río. No había barcos de vapor en esa época, o al menos muy pocos;

pero sí cantidad de esos veleros cuyo tipo conservaron y perfeccionaron tan bien los norteamericanos con sus clíperes y goletas de tres palos. En aquel tiempo sólo teníamos las pesadas embarcaciones de vela de la marina mercante. ¡Cuántos recuerdos me provocan! ¡Con la imaginación, me subía a sus obenques, trepaba a sus cofas, me agarraba de la perilla de sus mástiles! ¡Qué ganas tenía de atravesar la plancha vacilante que los unía al muelle y subir a cubierta! ¡Pero con mi timidez de niño no me atrevía! ¿Tímido? Sí, era tímido, y sin embargo ya había sido testigo de una revolución, había visto derribar un régimen y fundar una nueva realeza, todavía oigo los tiros de fusil de 1830 en las calles de la ciudad donde la población luchó contra las tropas reales como en París», dejó escrito Jules. Oh, fíjense en el *porte* de dicha escritura, y en su *ansia*, y entenderán perfectamente de qué manera abrir, cada noche, el libro del *pastor* Johann Wyss, un señor de revuelta melena rizada, que en algún momento fue bibliotecario, *infectó* de alguna forma al entonces apenas pequeño genio, el amante de la aventura —dice de sí mismo que quería saltar a bordo de todo barco que veía—, y le *moldeó*. Y no sólo literariamente. Cuenta la leyenda, en realidad, una biógrafa nada fiable, pariente lejana de la familia, un alguien llamado Marguerite Allotte de la Fuye, que a la edad de once años, Jules desaparece. ¿Desapareciste, *Jules*? Oh, tu familia se volvió loca, cuenta Marguerite, porque no aparecías, y había alguien que había dicho haberte visto remando, en compañía de dos grumetes, hacia un velero —un tres palos— que pretendía zarpar, y quizá lo hubiera hecho, rumbo a «las Indias». ¿Por qué, entonces, si lo hiciste, si realmente embarcaste en ese velero, que definitivamente había zarpado rumbo a las Indias pero se detuvo a hacer una pequeña escala en el puerto de Paimboeuf —un antiguo puerto en el mismo Nantes—, puerto en el que fuiste rescatado por tu padre, Pierre, el poeta, que había tomado a toda prisa el barco de vapor que recorría los puertos del estuario con el fin de encontrarte, jamás lo mencionaste? Porque el señor Lottman, Herbert, dice que nunca lo mencionaste, ¿y no resulta extraño que no lo hicieras?

Aquellos que quieren (CREER) que casi partiste a las Indias con once años aseguran que no lo hiciste para que tus jóvenes lectores no tratasen de seguir tus pasos, pero ¿por qué, se pregunta Herbert, el señor Lottman, tu más fiable biógrafo, no se lo contaste al periodista que trabajaba para una revista norteamericana, una revista con lectores adultos, que fue a entrevistarte a tu casa cuando ya tenías sesenta y seis años? ¿Por qué, si estabas *harto* de contar cómo tu hermano y tú os arriesgabais a utilizar todo tipo de embarcaciones «deplorables», llenas de grietas, «exponiéndonos, sin duda, a grandes peligros», no contaste que habías estado a punto de *irte* a «las Indias»? Oh, déjame decirte por qué. Porque no pasó. Pero hubiera estado bien que pasara. Y está bien que Marguerite —tu sobrina nieta, por cierto, que nació en 1874, un año antes de que se publicara *La isla misteriosa*, tu obra magna, oh, una de ellas, y con toda probabilidad, la favorita de Thomas Pynchon, y en breve descubrirán por qué— se lo inventara, o quién sabe, quizá no lo hiciera, y tu pudor te impidiera hablar de ello jamás en otro lugar que no fuese un lugar seguro —tu propia casa, la de algún amigo, o familiar—, un pudor que no tenía tanto que ver con la ensoñación como con el fracaso. Pero déjame dudarlo, como lo duda Herbert, porque tampoco aparece en ninguna carta, ¿y no le habría el joven Jules echado en cara a su padre el desplante? ¿No le hubiera recordado de qué manera, o bien le salvó de tan inconsciente acto, o bien lo mantuvo lejos de cualquier posible aventura, lo *sobreprotegió* en exceso, como sin duda no tuvo otro remedio que hacer, pues, y ahora verán, Jules se situaba siempre en el *centro*, era, de hecho, el centro mismo del universo, para todo aquel que se lo permitiese? Sin duda, lo hubiese hecho. Así que Marguerite lo fabuló, como fabuló conversaciones completas durante cenas en las que no pudo estar presente porque ni siquiera había nacido, y sin embargo, resultan de lo más verosímiles, puesto que una cosa que sí hizo fue conocerles a todos ellos, por lo que *Jules Verne, sa vie, son œuvre*, la biografía que publicó en 1928, resulta un jugoso manjar *cotillesco* para todo buen, y curioso, lector del tipo que fundó su propia corriente literaria —un mundo dentro del mundo— en 1863, el año en el que se publicó *Cinco semanas en globo* —cuyo subtítulo aclaraba: «Descubrimientos en África de tres viajeros ingleses, narrados por el doctor Fergusson»—, el año en el que Jules Verne, como dice Herbert, «un hombre como tantos otros, de convencional procedencia, instrucción corriente, cultura superficial y ambiciones modestas, si exceptuamos una de ellas —(OBSÉRVENME) (ALGÚN DÍA SERÉ ALGUIEN)—, se despierta una mañana y se convierte en Jules Verne». Oh, hasta ese momento, dice el señor Lottman, Verne ha escrito poemas, obras de teatro y algunos relatos, «pero nada que merezca la pena», hasta el propio Jules lo habría reconocido, dice Herbert. «Y luego, a la una, a las dos y a las tres: una hazaña tras otra», añade. De pronto, «todas las ideas aún no formuladas, todos los inconscientes preparativos de los años de juventud, la voluntaria disciplina de los primeros escritos, todo da fruto», dice Herbert, que admite, a renglón seguido, que «nada de lo que había hecho hasta entonces permitía prever la fascinante obra por venir».

Y está en lo cierto.

A veces, basta con estar en el lugar adecuado en el momento preciso.

Porque hay dos cosas en esta historia, la historia de cómo Jules Verne permitió que el futuro fuese como acabó siendo —porque fue él quien desarrolló la (TRAMA), y sigan leyendo, porque descubrirán cómo lo hizo, descubrirán cómo la literatura está también, y sobre todo, (CREANDO) el (MUNDO), y de qué forma (TODO) debe imaginarse primero para poder luego (EXISTIR), al menos en lo que se refiere a la manera en que el ser humano se ha adaptado al medio, o ha adaptado el medio a él, lo ha transformado para habitarlo, lo ha *ficcionado*, si entendemos la ficción como eso que hace la única especie escritora del planeta, la *nuestra*, inventar un (ORDEN) para lo que ocurre sin más, esto es, inventar un (ORDEN) para (EL CAOS)—, que podrían no haber ocurrido jamás. Y de no haber ocurrido, ¿quién se habría encargado de *soñar* con la forma en que podía *teledirigirse* un globo aerostático —fue para darle sentido a la trama de su primer (VIAJE EXTRAORDINARIO), *Cinco semanas en globo*, que Jules pensó que estaría bien poder controlar hacia dónde se dirigía un globo aerostático, y empezó a *fantasear* con ello, echando mano de todo lo que se había escrito y descubierto al respecto, e imaginando una posible solución, fijó su posibilidad, oh, ¿cómo podía ir el globo más rápido, o en la dirección necesaria? ¿Qué tal unas hélices?—, contribuyendo al pensamiento científico al respecto partiendo únicamente de una necesidad literaria, la necesidad de hacer avanzar la trama, de ofrecerle a la aventura un *control*, porque eso es lo que buscan los escritores, *controlar* la realidad, utilizarla en su propio beneficio, por ejemplo? «Sueño con un Robinson magnífico. Es absolutamente necesario que haga uno, es una tentación más fuerte que yo», le escribió Jules Verne a Hetzel, su editor, en 1865, y sin embargo, como apunta Miguel Salabert en el prólogo de *La isla misteriosa* de esta misma colección, lo que el escritor le entregó a su editor, que, no olvidemos, era entonces también el editor de Balzac, Victor Hugo y Émile Zola, fue «una novela deleznable

escrita diez años antes», es decir, anterior a la aparición
de sus (VIAJES EXTRAORDINARIOS). Lleva por título *El
tío Robinson* y es una torpe reescritura de *El Robinson
suizo*, de Wyss. En ella, un ingeniero, Harry Clifton,
desaparece, con su perro Fido, tras un motín en el barco en el que viajaba. Su mujer, sus cuatro hijos, y un
marinero, Flip, acaban en una isla desierta del Pacífico
Norte. La milagrosa reaparición del ingeniero y de su
perro permite al grupo reconquistar el fuego, la pólvo-
ra, y todo lo demás, y sobrevivir a la adversidad del fin
del mundo que, en sí, constituye el naufragio. Oh, a
Hetzel la cosa le pareció abominable, y le devolvió el
manuscrito indignado. «Ni una invención que no hubiese hallado el último cretino», le escribió, incapaz de
creer que su pequeña (MINA), aquel genio al que estaba
moldeando, creyese que aquello era un (ROBINSON MAG-
NÍFICO). Lo que Jules respondió fue que estaba estu-
diando química, porque *La isla misteriosa* iba a ser una
novela química. ¿Y nada más? Nada más. Lo que siguió
fue un emplearse a fondo para al fin, sí, entregar algo
que superaría con creces a su novela (BIG BANG), esa
novela que lo puso todo en marcha, esa novela en la
que querría haber *vivido*, en la que vivió, de hecho, *instalado*, lejanamente, toda su vida —por más que el capitán Nemo, el misántropo protagonista de *Veinte mil
leguas de viaje submarino*, su náufrago por convicción,
un náufrago *submarino*, el náufrago o *robinson* que ha
abandonado la sola idea de la tierra firme, se dijese a
sí mismo, a la vez airada y tristemente, al final, «muero

por haber creído que se podía vivir solo»—, *El Robin-son suizo*, del pastor, y bibliotecario, Johann Wyss, en la que el conocimiento que se proponía transmitir —porque he aquí lo que Jules extrajo de ese clásico perdido de Wyss, el de que la literatura podía, o debía, ser un vehículo de transmisión de algún tipo de conocimiento, lo que, en su caso, ambiciosamente, se transformó en un vehículo de transmisión de todo el conocimiento posible sobre el tema a tratar, o la obsesión tomando gustosamente el control— era puramente *moral*, pretendía *crear* buenos chicos, y a la vez, asentar el rol de cada miembro de la familia —oh, la madre no hace otra cosa que cocinar, ¡cocina en una isla desierta! ¡Quién sabe qué, y qué importa! ¡Ella *cocina*!—, además de ofrecer *pistas* sobre la forma en que el hombre —y en su caso era únicamente (EL HOMBRE)— podía abrirse camino en un territorio hostil, aún sin domesticar, como lo haría una guía de *boy scout* que a las instrucciones sumase las situaciones en las que estas podían ponerse en práctica, lo que genera las aventuras que mantuvieron al pequeño Jules en vilo, leyendo en la cama, a la luz de una vela, hasta altas horas de la noche, puede que una y otra vez, obsesivamente. Y se diría que la fórmula —línea argumental arquetípica, y en ocasiones, *diminuta*, apenas una línea o dos por capítulo, de desarrollo de acción, y estoy pensando, por ejemplo, en el capítulo en el que Passepartout, el sirviente de Phileas Fogg, cierra el trato por el elefante que les servirá para no perder el barco que arruinaría la apuesta de los 80 días, el primer gran aprieto real en la aventura; más información enciclopédica, en ese mismo capítulo, se detalla el uso del elefante en la región, y sus características, así como todo lo que pueda imaginarse sobre su comercio, y el comercio de la zona en sí— también la extrajo, y la perfeccionó —y cómo, espectacularmente—, del, en apariencia, modesto volumen de Wyss, que sólo había pretendido, al escribirlo, explotar las posibilidades de una isla desierta, y el arquetipo instaurado por Defoe, en un contexto familiar, y, por lo tanto, social, en su núcleo más duro y autónomo.

Jules, en su obsesión por aquello que él mismo era —prepárense para la manera en que decidió casarse, y los bailes de disfraces, y las camisas que él no podía planchar y viajaban de París a Nantes para luego regresar tal vez aún arrugadas, pero no de la misma forma en que lo habían estado en el viaje de ida—, regresó sin descanso —prácticamente toda su obra es la historia de un hombre solo al que el mundo jamás va a entender, un hombre al margen, un hastiado componente de un todo que, para él, no existe, pues el único todo que le interesa es él mismo— al *robinson* y lo hizo para tratar de entender por qué él mismo consentía en vivir en compañía, qué era aquello que hacía inevitable la sociedad. Y así, en un diálogo fascinante en *Los hijos del capitán Grant*, lady Helena se pregunta: «¿Hay, pues, Robinsones en todas partes?», y Paganel le responde: «Naturalmente, Madame. Conozco pocas islas sin una aventura de este tipo», asegurando que el azar se anticipó «a la novela de su inmortal compatriota Daniel Defoe». A continuación, tan *vernesco*, o *verniano*, personaje, Paganel, admite que a él no le disgustaría una aventura de ese tipo. ¿Por qué? «Me haría una vida nueva. Cazaría, pescaría, elegiría domicilio en una gruta, en invierno, en un árbol, en verano. Tendría mis silos para mis cosechas. En fin, *colonizaría* mi isla». Lady Helena le pregunta entonces: «¿Usted solo?», y Paganel responde —y, Jules, te imagino escribiendo esas líneas con un placer *supremo*, el placer *esperado*, toda una vida contenida en un puñado de líneas, el deseo jamás satisfecho—: «Yo solo, si fuese necesario. Pero ¿es que se puede estar solo en el mundo? ¿Acaso no se puede escoger amigos en la raza animal, domesticar un cabrito, un loro elocuente, un mono amable? Y si el azar le envía a uno un compañero, como el fiel Viernes, ¿qué más se puede pedir? Dos amigos en una roca, he ahí la felicidad». Y es el propio deseo de Verne el que responde a Paganel, en palabras de lady Helena. «El hombre está hecho para la sociedad, no para el aislamiento. La soledad sólo puede engendrar la desesperación. Es sólo cuestión de tiempo. Que, al principio, los problemas de la vida material, las necesidades de la existencia, distraigan al desdichado recién salvado de las olas, que las exigencias del presente le oculten las amenazas del futuro, es posible. Pero luego, cuando se sienta solo, lejos de sus semejantes, sin esperanza de volver a su país y a sus seres queridos, ¿qué pensará y cuánto no sufrirá? Su islote es el mundo entero. Toda la humanidad se resume en él, y a la llegada de la muerte, una muerte espinosa en su abandono, estará allí como el último hombre en el último día del mundo. Créame, señor Paganel, más vale no ser ese hombre», concluye tan elocuente, y sensato, tan racional personaje, que no deja de ser el propio escritor, diciéndose a sí mismo (CUIDADO CON LO QUE DESEAS, JULES), y exponiéndolo más tarde, porque así es como acaba Ayrton, el hombre que, abandonado en la isla del capitán Grant, sucumbe a la soledad, pierde el lenguaje, y la noción y el control del tiempo, *involuciona*, volviéndose algún tipo de animal. Y refuta así Verne aquello que escribió Karl Marx —en los *Grundisse*—, y que recuerda Salabert en su prólogo, es decir, que «el hombre es no solamente un animal social, sino también un animal que sólo puede individualizarse en sociedad». ¿Y no está Jules Verne justificando su adhesión a aquello que abominaba, y a la vez, entronaba, la propia idea de la humanidad, puesto que su obra es también y sobre todo, oh, tu obra, *Jules*, es también y sobre todo, algo que rinde culto, un culto inmenso, emocionante, y expansivo —pues la expande, imaginativamente, es decir, sienta las bases del futuro que aún estaba por llegar— a la obra en marcha de la humanidad, esto es, toda esa domesticación del medio, lo que, en tanto especie de *robinson*, el ser humano produce? ¿O no es el planeta Tierra *nuestra* isla *desierta*? Oh, lo es, sin duda, *Jules*. El ser humano es el náufrago, ¿*verdad*?

Pero, un momento.

Dos cosas, decía, debieron ocurrir para que Jules Verne existiera.

Una fue toparse con esa novela aparentemente banal, y metomentodo, de Johann Wyss, y enamorarse perdidamente de ella.

Una novela publicada en 1812 por otro Johann Wyss, Johann Rudolf Wyss, el hijo editor de aquel Johann Wyss original, Johann David Wyss, el pastor.

¿Y la otra?

Oh, la otra fue Pierre-Jules Hetzel.

Porque sin él tal vez Jules Verne no habría sido más que un corredor de bolsa.

Un *broker*.

¿De veras, *Jules*?

¿Un *broker*?

¿Por qué?

Sigan leyendo, están a punto de descubrirlo.

Oh, sí, esto también es una pequeña aventura, pero una biográfico psicoanalítica existencial. Si algo así es siquiera posible.

# 2

Un empleo (POR FIN) en el Palacio de la Bolsa / Éranse, una y otra vez, Jules, Michel, y Pierre / Deja que el (GLOBO TERRÁQUEO) resuelva ciertos (PROBLEMAS) / Menos mal que en París hay retretes / El Club de los Vírgenes Necios / Querida madre, vende el artículo (HIJO CASADERO)

El año es 1857. Jules Verne se ata el cordón de un zapato, saluda cortésmente a un puñado de elegantes, sonrientes y nerviosos, *ansiosos* tipos que tal vez fumen cigarrillos junto a una imponente columna, y entra en su trepidante, casi holístico, pura colmena atareada, lugar de trabajo. Su lugar de trabajo se encuentra en el majestuoso Palacio Brongniart, o Palacio de la Bolsa, en París. Jules tiene 29 años, y al fin un trabajo remunerado. Porque, oh, no, la leyenda del reverso del romántico retrato que preside estos días mi mesa, el retrato en el que aparece con el pelo rizado revuelto, y embutido en un oscuro abrigo de aspecto aterciopelado, polvoriento, *beatnik*, no miente, y Jules, seducido por aquella otra vida que deseaba vivir, aquella otra vida que jamás tuvo nada que ver con el Derecho —oh, Pierre creía

que la cosa sería fácil, que podía enviarle a estudiar a
París, y que luego él, obediente, regresaría y le releva-
ría en su bufete, o quizá se animase y pudiese, él, Pierre, *comprarle* un bufete propio, invertir en su más que
prometedor futuro, y que Jules le daría las gracias, le
diría (GRACIAS, PAPÁ) (NO PIENSO DEFRAUDARTE), pero lo
cierto es que nada de eso ocurrió, y, pese a ello, Pierre,
a regañadientes, aceptó hasta el último desvío de su ca-
rismático e imparable hijo—, había empezado a trabajar
como secretario en el Teatro de la Ópera, el (THÉÂTRE
LYRIQUE), a los 24 años, en 1852, pero ¿acaso *cobraba*?
Oh, no, no cobraba un céntimo. Seguía viviendo por
entero de sus padres, haciéndoles llegar prácticamente
a diario autocomplacientes y engreídas cartas, amanera-
das misivas victimistas repletas de exigencias, y de *llan-
tos*. Se mostraba frágil, y apocado, *triste*, maldito. Huía,
justificándose, de cualquier tipo de responsabilidad. Lo
único que quería era escribir. ¿Y no estaba en el centro
del centro del mundo para ese momento si tal era su
fin? Borracho de bohemia, y vanidad, el futuro se apa-
reció ante él como un festín de reconocimientos —de
reafirmaciones, de (¡BIEN HECHO, MUCHACHO!), y (¡OTRA
OBRA MAESTRA DEL GENIO DE NANTES!)—, que anulaba,
o más bien, exigía el sacrificio de cualquier otra posibilidad —el bufete de abogados, el sueño estable de su
padre—, y en ello se empleó a fondo Jules.

¿Verdad, *Jules*?

En Nantes había escrito Jules Verne su primera novela, o intento de novela. La había titulado *Un sacerdote*

*en 1835*, y luego se convirtió en *Un sacerdote en 1839* —piensen que estudió, el pequeño Verne, en una escuela elemental católica primero y en un internado eclesiástico, el Seminario Menor, después—, y era una suerte de *noir* ligeramente fantástico —había en él una bruja— que seguía, de cerca, los pasos de *Nuestra Señora de París*, de Victor Hugo, pero transformándola en un enredo romántico criminal. La cosa era que caía la campana de la iglesia de San Nicolás, mataba a un puñado de fieles, entre ellos, el campanero, Joseph, buen amigo del protagonista, no casualmente llamado Jules —esto será una constante en su obra, protagonistas llamados obsesivamente como él, o como su hijo, Michel, nombre con el que bautizó, también, a sus tres barcos, o como su padre y su editor, Pierre—, que lograba salvar, en tan funesto momento, a Anna Deltour —una rica heredera— de una muerte segura. A continuación, convencido de que algo se escondía tras el desplome, investigaba el caso junto a su mejor amigo —que no en vano se llama Michel—, y en el transcurso de sus investigaciones, descubría algo relacionado con un sacerdote expulsado, llamado —¿lo adivinan?— Pierre. La novela, que en aquel lejano momento —se cree que debió escribirla a los 17, y puede que acabar de corregirla, o sentirse mínimamente satisfecho, a los 21—, es decir, entre 1845 y 1849, ocupó cuatro cuadernos —es más que probable que el *modus operandi* de Jules diese comienzo justo *aquí*, la escritura obsesiva, el contaje de palabras por párrafo, el alineado a la extrema izquierda, y la página en blanco a partir del centro para reconsiderar cosas, dibujar maquetas de artilugios, fuesen posibles cohetes, en un tiempo en el que los cohetes no existían, o esbozos de globos aerostáticos—, se publicó finalmente en 1992, y podría considerarse una suerte de embrión, la aún por perfilar Piedra de Rosetta, de aquello que el escritor llegaría a ser. Se dice el señor Lottman, Herbert, su más fiable biógrafo, que lo más probable sea que los Verne estuviesen suscritos a semanarios parisinos como *Le Magasin Pittoresque*, que de ahí debía proceder su «precoz fascinación» por la ciencia. ¿Cómo no iba a sentirla?, se pregunta Herbert. Estamos en los tiempos de esas revistas didácticas que leía toda la familia, «rebosantes de inventos y descubrimientos». Herbert investiga. Descubre que, sin ir más lejos, el índice de los 52 números del año 1835 —Jules tenía siete años— de *Le Magasin Pittoresque* revela «una sistemática dedicación a los usos y costumbres, la historia, la historia natural, la miscelánea científica, el comercio, la industria, la mecánica, la astronomía, los viajes, la geografía, las ciudades». Estas revistas, debidamente encuadernadas, se convertían a menudo en material de consulta que los niños tenían a su alcance en todo momento, material con el que podían *ampliar* la trama de sus juegos infantiles, pero también sus sueños, o sus posibilidades —todo aquello que podían ser de mayores—, y en el caso de aquellos a los que el mundo, *su* mundo, y el mundo de los demás, se les quedaba pequeño, o les resultaba demasiado hostil, o grande, caótico, ajeno, las historias que creaban para escapar de él.

«¡He visto nacer los fósforos, los cuellos duros, los manguitos, el papel de cartas, los sellos de correos [...], el sistema métrico, los barcos de vapor del Loira [...], los ferrocarriles, los tranvías, el gas, la electricidad, el telégrafo, el teléfono, el fonógrafo!», recordaba Verne. «Soy de la generación que nació entre esos dos genios: Stephenson y Edison», recordaba también. Y sin embargo, hacia el final de su vida, cuando un tipo llamado Robert Sherhard —un periodista, *fan* del escritor— se acercó a Amiens —la ciudad en la que decidió instalarse, oh, no tardaremos en llegar a ella, de hecho, estamos a un solo paso, recuerden que Verne acaba de entrar en el Palacio de la Bolsa, porque tiene, por fin, un trabajo remunerado, y este trabajo no tiene otro objeto que el de alcanzar una (POSICIÓN) que le permita *casarse* con alguien de, quizá ya lo sepan, Amiens— para entrevistarle, le dijo que jamás había tenido él un interés particular en la ciencia. Pero le gustaba contemplar cómo funcionaban las máquinas, le dice. Que, durante las vacaciones que pasaban en Chantenay, su hermano Paul y él iban a la fábrica de Indret, y «se pasaban horas enteras» admirando las máquinas que fabricaban motores de vapor para la marina francesa. También se sabe, porque existe una carta escrita con una ortografía intuitiva, y una pasión infinita —puede que Jules no tuviese más que siete años—, dirigida a su tía, en la que le pide que (POR FAVOR POR FAVOR POR FAVOR) vaya a verles y les traiga, a Paul y a él, los telégrafos «pequeños» que les prometió —esto es, la versión de juguete del invento, el telégrafo óptico, de Claude Chappe—, que no podía evitar sentirse atraído por artilugios que, por entonces, empezaban a hacer del mundo algo más pequeño, o controlable. También se sabe que, antes de toparse con la literatura, su asignatura favorita era la geografía. Hay que pensar que era una época en la que demasiado aún estaba por descubrir, y la clase de ejercicios que se hacían en clase eran prácticamente una llamada a la aventura, o la resolución de un (MISTERIO) relacionado con el lugar que ocupábamos, en tanto habitantes de un planeta en concreto, en el universo, y sus consecuencias. O si no, echen conmigo un vistazo al cuaderno de ejercicios de Jules a los 12 años, al lugar en el que anotó, en 1840, los problemas a resolver que le dictó el profesor. Primero observemos cómo debía resolverlos. «Problemas para resolver con ayuda del globo terráqueo», decía el enunciado. Y a continuación, entre los problemas en cuestión, algunos que fueron con él hasta su obra de más éxito, la multirrepresentada —también en escenarios, escenarios de todo el mundo, polémicas mediante—, *La vuelta al mundo en ochenta días*. A saber: (HALLAR QUÉ HORA ES EN UNA CIUDAD CUANDO SON LAS DOCE DEL MEDIODÍA EN OTRA) Y (HALLAR UNA SEMANA CON TRES JUEVES).

«Desde que he llegado a París no han dejado de darme diarreas, y eso que tengo mucho cuidado. La otra noche tuve unos vómitos muy fuertes, que, afortunadamente, se me pasaron. El estómago empieza a molestarme bastante, y no puedo andar jugando con la calidad de lo que como. Con cenas baratas no voy a poder contentarlo y conseguir que deje de quejarse. Menos mal que en París hay retretes». Tal vez esta primera misiva fuese, en algún sentido, inocente. A buen seguro era *real*. Pero, puesto que la cosa funcionó, es decir, puesto que la asignación aumentaba sin remedio, por más que a regañadientes, a cada lastimera e *inventariante* carta —pormenorizaba Verne el gasto que había hecho, supuestamente, en cada cosa, la habitación, la comida, la cena, las propinas, el desayuno, «sólo la habitación y la comida se ponen en 100 francos al mes, y eso sin contar la leña para la estufa, la ropa, los sellos de correos, por no mencionar algunas pequeñas distracciones que, a veces, pueden ponerse a tiro», alega Herbert Lottman; «enumera los gastos y le pide a su padre que tome las medidas oportunas»—, abusó de ella durante *años* para no mover un dedo —se negó a trabajar— y permanecer, sin embargo, en París —hasta después de haber acabado los estudios, convencido de que el (ÉXITO) estaba a la vuelta de la esquina—. Cuando no le pedía dinero a su padre, se lo pedía a su madre. «Me duele el vientre, aunque como muy poco. ¿Será por culpa de la mala calidad de la comida? Arreglar el maldito reloj me ha costado seis francos, y el paraguas, quince. No me ha quedado más remedio que comprarme un par de botas y otro de zapatos», le escribe a su madre. Y a su padre, le dice: «Carezco hasta lo inconcebible de libros de literatura. No puedo estar sin libros. ¡Es imposible!». Le confiesa que ha comprado a precio de saldo unas obras completas de Shakespeare y que no le ha quedado más remedio que dejar escapar unas obras de Walter Scott en —fíjense— 32 volúmenes de tapa dura, y, oh, el teatro de Eugène Scribe en otros (¡DEMONIOS!) 24 tomos. (¿QUÉ BICHO LE HA PICADO?), se debieron decir Pierre y Sophie, contemplando aquello. No existe una sola carta de esos años anteriores a su desesperado intento por convertirse en corredor de bolsa, en *broker* —un intento para el que también, por supuesto, necesita el desembolso de una más que apabullante cuantía por parte de sus padres—, a los 29, en que no mencione algún tipo de dolencia, casi siempre relacionada con su estómago, y su incontinencia, a menudo también con fiebres —cuando creyó haber contraído el cólera, o la escarlatina—, o, por supuesto, con su delirante parálisis facial. Todo parecía estar relacionado, en cualquier caso, con su hipocondría, y con un permanente y obsesivo estado de preocupación.

¿Preocupación?

¿Por qué exactamente?

Oh, él mismo.

Hay un momento en que le cuenta a su madre —por carta, claro— que ha empezado a hacérselo encima —oh, *Jules*—, y se muestra partidario de *operarse* para librarse de una vez de tan «graves inconvenientes» para «un joven cuya intención es alternar en sociedad y no en suciedad» porque «por decirlo de una vez, el culo no me cierra bien». (PIERRE, ¿HAS VISTO ESTO?), debió preguntarle Sophie a su marido, que quién sabe en qué clase de cosas pensaba. La relación de Jules con su padre fue siempre un tanto rígida, aunque no tanto como lo sería la de Jules con su propio hijo. Pierre no podía entender el despilfarro de Jules, y sus desvaríos —nada responsables, nada *adultos*, pretenciosamente bohemios y, consideraba, inútiles, pues nunca entendió en qué consistía el talento, ni por qué iba a tener sentido poseerlo— , y a menudo se mostraba tercamente avaricioso, y utilizaba con él un lenguaje de lo más violento, cosa que Jules reprodujo —y llevó aún más lejos— con su propio hijo, al que martirizó por gastos mínimos que tal vez nunca siquiera existieron, que tal vez no fueron más que una *proyección* de aquello que él mismo había provocado, en otro tiempo, y que consideraba debía de ser *típico* de cualquier joven.

La rigidez del escritor en ese sentido era considerable.

Considerable, e insoportable.

¿La soportó Honorine?

La soportó, aunque, se diría, siempre estuvo *lejos*.

¿O eras tú, Jules, el que estaba lejos?

En cualquier caso, Jules se queja sin descanso en esa época. Está harto de una vida que, decía, «limita al norte con el estreñimiento, al sur con la descomposición, al este con las lavativas exageradas, al oeste con las lavativas astringentes». Hoy se diría que padecía una colitis, o una inflamación del intestino grueso, aunque no está claro que la dolencia fuese únicamente física. Porque a los frecuentes dolores, y a la parálisis facial que no iba a tardar en aparecer —aparece en 1852, y al comienzo

de este diminuto ensayo, e iba a ocupar, intermitente-
mente, a partir de entonces, el *centro* de su vida, y sus
cartas de *reclamo*—, y al prolapso rectal, se sumaban otros
peculiares síntomas, claramente psicosomáticos, rela-
cionados, por completo, con esa obsesión consigo mismo tan poderosamente infantil. Una obsesión que se
traduce, materialmente, en el dinero. En palabras del
señor Lottman, Herbert, su fiable biógrafo, un psicoa-
nalista de nuestros días podría relacionar su obsesión
por el dinero —que mantuvo toda su vida, una tacañe-
ría enfermiza que le llevó a hacer *internar* en un refor-
matorio, una *cárcel*, a su único hijo, sin más pruebas de
que podía estar despilfarrando su dinero, como había
despilfarrado él el de sus padres, que las que él imagi-
naba, y, también, a vivir lejos de París «para ahorrar»—
con una fijación anal, vinculada, muy especialmente,
opina Herbert, «con el hecho de haber padecido toda
la vida esa *incontinentia alvi*», esto es, ese hacérselo encima, que era objeto, incluso, de poemas.

Puesto que los Verne eran *poetas*, o Pierre se jactaba
de serlo, la familia solía intercambiar versos, o com-
ponerlos cuando se juntaban. He aquí una muestra,
compuesta durante una reunión familiar en la casa de
campo de su tío abuelo, Prudent Allote, dedicada, iró-
nicamente, a ese *mal*, el digestivo, que, según su buen
amigo, y médico, Victor Marie, que se casará en 1856,
poco antes que el fundamental Auguste Lelarge —sin
quien quizá jamás hubiese conocido a su mujer, pues
tal vez jamás habría puesto un pie en Amiens, y jamás

hubiese saludado cortésmente a otros compañeros *co-
rredores* a las puertas del Palacio de la Bolsa al inicio de
este capítulo—, era probable que fuese consecuencia
de «una irritabilidad y una sensibilidad nerviosa exce-
sivas». Algo que podía desembocar en una enfermedad
de los nervios. ¿Y era consecuencia de la vida en París?
«Si quisiera hacer un chiste lúgubre», se decía el propio Jules, «diría que es la vida en general la que no me
sienta bien».

Oh, pero el poema.

Es este:

> Es un muchacho distinguido,
> siempre risueño y muy festivo.
> Es de buen comer y alardea
> de tener a veces diarrea.

¿Qué les parece? Al menos, se diría, el escritor sabía
reírse de sí mismo. De hecho, no hacía otra cosa. Cada
carta que enviaba, en la que prometía que estaba a punto de cobrar algo, (¡OH, HE VENDIDO UN ARTÍCULO!), por
aquello que escribía, hacía más apremiante la necesidad de valerse por sí mismo, pues, y quizá se lo pregun-
ten, ¿cómo podía un hombre que iba a convertirse en
el adalid de la independencia del hombre, en todos los
sentidos, ser tan monstruosamente dependiente? A finales de enero de 1853 —cuando ya ha cumplido los 25
años— le explica a su madre que se ha mandado hacer
seis camisas, por un coste total de seis francos, y que

espera que su padre se las pague, «porque los tiempos son duros». ¿Lo son? Oh, sí, Jules ha empezado a publicar artículos con aspecto de relatos en la revista de Pitre-Chevalier —en realidad, Pierre Chevalier—, *Musée des familles*, que se dedicaba a la divulgación cultural y científica tanto para adultos como para adolescentes, y que, según Lottman, publicaba artículos que podían titularse sin más *Principios físicos, anécdotas y empleo del barómetro*. Jules firma uno titulado *Los primeros barcos de la marina mexicana*. Tenía entonces 23 años. Solicita un voto de confianza y dinero suficiente para alquilar un piso y amueblarlo. ¿Dirían que se lo conceden? ¡Por supuesto! Pero dos años más tarde, reciben la misiva relacionada con las camisas. Junto con la carta, llega una de las camisas. Jules quiere que le manden hacer otras doce en Nantes, idénticas a esa, porque las que se ha hecho hacer en París son de una tela tan fina, dice, que no aguantarán muchos lavados. Por lo que respecta a los lavados, el escritor le llevaba la ropa a una lavandera de París, pero en cuanto sabía de alguien que iba a viajar a Nantes, le preparaba una maleta con camisas sucias para que su madre pudiese comprobar por sí misma la magnitud de la (TRAGEDIA), esto es, el deplorable estado de las mismas —«los cuellos están tan usados que hay que ponerles cuellos nuevos a casi todas, a los puños les pasa tres cuartos de lo mismo, y ninguno de los ojales sirve para los botones, porque son demasiado pequeños»— y, de paso, devolvérselas *limpias*. Trabajaba, sí, pero con el único fin de que le dejasen representar sus propias obras —como ocurre con *La gallina ciega*, en 1853, de la que llegan únicamente unas críticas desastrosas a Nantes—, y se reunía por las noches con otros jóvenes aspirantes a intelectuales que se hacían llamar a sí mismos los «vírgenes necios», y formaban un cáustico club de poetas tontamente malditos —la especialidad de Jules eran los poemas picantes—. ¿Virgen, a los veintitantos? Es lo más probable. Pues todos sus intentos de relaciones —empezando por su obsesión por la hija de la hermana de su madre, su prima Caroline Tronson, a quien dedicó sus primeros versos, oh, ambos habían crecido juntos, habían ido juntos de vacaciones, y él no había hecho otra cosa que pensar que iban a casarse, algún día, que estarían para siempre juntos, ¿y no sería todo la mar de sencillo? ¿Por qué no podía serlo?— acabaron en calabazas, y en el compromiso de ella, cada vez, fuese Caroline, o Herminie, o Laurence Janmar —otros de sus primeros, y casi únicos amores— con alguien decididamente *mayor*, que ostentaba, socialmente, una (BUENA POSICIÓN). No importa a cuántos bailes concurra —oh, sí, es época de (BAILES), y a menudo, de (DISFRACES)—, la mala suerte le persigue, y así se lo hace saber a su madre, también por carta, después de que otra chica con la que se había hecho ilusiones —por entonces tenía Jules 20 años— ha preferido un marido maduro y rico o, como dice el escritor, «canas mezcladas con cabellos negros, medio siglo casado con un cuarto». «¡Todas las jóvenes en las que se me ocurre fijarme se casan, sin falta, en poco tiempo!», se lamenta Jules.

¿Imaginan lo que ocurrió a continuación? Oh, podrían hacerlo. Porque ¿qué hace si no el escritor que pedir? Pero ¿qué podría pedir en este caso? Oh, ¡*ayuda*!, se dirán, y yo les diré (¡EXACTO!), y la ayuda en este caso consiste en pedir, directamente, «una amante esposa» por Navidad. «Me caso con la mujer que me elijas», le promete a su madre. «Me caso con los ojos cerrados y la bolsa abierta. Escoge, querida madre, lo digo en serio», sentencia, decididamente desesperado. No quiere volver a casa. Quiere casarse, con una mujer (RICA), y seguir escribiendo. En 1854, cuando Laurence Janmar, la chica a la que pretendía —una joven de Nantes, de buena familia— no acaba resultando —también se casa con alguien mayor, y con *posibles*—, Jules le escribe una carta a su madre en la que le asegura que «es el momento ideal para casarme, querida madre, así que te animo a que pongas manos a la obra. Apáñatelas para presentarme como un muchacho muy conyugal, divinamente condimentado y asado en su punto. En pocas palabras, vende el artículo *hijo casadero* y colócame en manos de una joven bien educada y rica». Mientras Sophie se pone manos a la obra, Jules sigue escribiendo. Lee a Edgar Allan Poe —cuyo estilo invoca Verne, o deforma para alcanzar un algo propio y único—, y homenajea sin remedio a Fenimore Cooper —el autor de *El último mohicano*— en todo lo que publica en la revista de Pitre-Chevalier, donde este descuida su nombre —le firma lo que publica como, primero, Charles Verne, y luego Jules *Vernes*, y a Jules parece no importarle, lo que da

cuenta de la clase de relación —de sumisión, y descuido—
que va a tener con quien será su próximo editor, y *mol-
deador*, Jean-Pierre Hetzel— cuando escriben juntos. En
más de una ocasión piensa, en esa época, la época en la
que publica *Martín Paz* —obra que Lottman califica de
insignificante, e inexplicable y ferozmente antisemita—,
en dejar de publicar en el *Musée des familles*, porque lo
que Pitre-Chevalier le pagaba era irrisorio. Y sin embargo, es allí donde empezó a dar forma a aquello que podría considerarse (SU ESTILO), y que acabó siendo, en
realidad, un género (PROPIO), una filosófico visionaria
novela de aventuras científico fantásticas, en la que un
ser humano, o un puñado de ellos, y en realidad, en la
que la propia idea del ser humano, en tanto especie, se
abría camino en una situación (IMPOSIBLE). Una situación (IMPOSIBLE) que el escritor, haciendo uso de todo
lo que se sabía al respecto, y también de todo lo que podía imaginarse —si se consideraba la (REALIDAD) un tipo de
(FICCIÓN) que debía contenerse a sí misma, autoexplo-
rarse, llevarse tan lejos, tecnológicamente, como aún
no era factible, como tal vez lo fuera algún día, o nunca—,
era capaz de volver (POSIBLE), armado con un conocimiento tan exhaustivo, y pertinente, que conseguía (FIJAR)
la (FUTURA) posibilidad. Dice el señor Lottman, Herbert, que de tener que situar el comienzo del escritor
en tanto aquello que sería, una pieza fundamental de
la obra en marcha de la Humanidad —una pieza (ÚNI-
CA) en lo que respecta al cruce entre ciencia y literatura,
entre imaginación y posibilidad, o (REALIDAD)—, este

podría encontrarse en el relato llamado *Una invernada entre los hielos*, que la revista de Pitre-Chevalier publicó en dos entregas. El año era 1855. Tenía, Jules, 27 años. No, aún no era corredor de bolsa. Y tampoco conocía a Honorine Morel Deviane. Lo hará un año después, cuando asista a la boda de ese pariente lejano, Auguste Lelarge, en Amiens. Oh, sí, (AQUÍ) empieza (TODO). Pero, oh no.

Disculpen.

*Una invernada entre los hielos*, decía.

Su primer (JULES VERNE).

*Una invernada entre los hielos* contiene ya todo aquello que hará de Jules Verne, Jules Verne, se dice Lottman. Para empezar, está el asunto de las fechas. Da comienzo con una, y lista, obsesivamente, las siguientes —el tiempo está siempre presente en la obra de Verne, la carrera contrarreloj, el *control*—. También fija un lugar: Dunkerque. Es decir, fija un punto de partida, y uno, desconocido, de *llegada*. Una aspiración claramente (IMPOSIBLE), o aún no dada en la (HISTORIA). He aquí la manera en que cualquier relato de Jules Verne atrapa al lector. Coloca, *siempre*, a un hombre de ciencia —alguien que, sobre todo, *sabe*, y su conocimiento es aquello que le ha vuelto *valioso*, y también, *valiente*—, y a uno de acción, *juntos*, camino de un (IMPOSIBLE). En este caso, el (IMPOSIBLE) es una expedición ártica que, partiendo de la bahía de Gael-Hamkes, situada en uno de los extremos de Groenlandia, se propone *coronar* el punto más distante alcanzado jamás por unos marinos. Lo que sigue son (OBSTÁCULOS) y (PELIGRO). Un viaje a bordo de un bergantín llamado *La Joven Audaz*, y por supuesto, detalles. Detalles sobre todo aquello en lo que consisten los preparativos del viaje, que ponen al lector en situación, le llaman a la (AVENTURA), a la vez que le instruyen —dilatando en suspense— sobre lo necesario para emprenderla; detalles también cartográficos —las distancias, los obstáculos posibles—, además de detalles sobre los logros anteriores —pormenoriza la Historia de los Descubrimientos, o las Exploraciones, con mayúsculas, de la zona—. No está en exceso desarrollado aquí aún, pero lo estará en breve, o no tan breve, cuando ya gane dinero (DE VERDAD), y tenga un trabajo, como corredor de bolsa, o *broker*, trabajo del que tratará de huir a la mínima para no hacer otra cosa que escribir, y he aquí donde entra en escena Pierre-Jules Hetzel (EL EDITOR). Pero, decíamos, en *Una invernada entre los hielos* se boceta a (JULES VERNE), y en ese boceto, *brilla* aquello que en *Cinco semanas en globo*, el auténtico (PRINCIPIO) de todo —recuerden, corría el año 1863, Jules tenía 35 años, y llevaba seis casado—, el *doctor* Fergusson, Samuel Fergusson —el misterioso, y adelantado, el inquietante y valeroso hombre de ciencia, el *generador* de la (IDEA) de cruzar África (POR LOS AIRES)—, le dice a Dick Kennedy —el hombre de acción, el *cazador*, su incrédulo buen amigo y compañero en la aventura— que «los obstáculos se han inventado para ser vencidos; en cuanto a los peligros, ¿quién puede jactarse de rehuirlos? Todo en la vida es peligro; puede ser muy peligroso sentarse ante la propia mesa o ponerse el sombrero en la cabeza; por otra parte, hay que considerar lo que debe ocurrir como si ya hubiera ocurrido, y ver el presente en el futuro, ya que el futuro no es más que un presente un poco lejano». ¿Y no está Fergusson, en esa intervención, definiendo, de alguna forma, todo aquello en lo que va a consistir la literatura de Jules Verne? (EL FUTURO NO ES MÁS QUE UN PRESENTE UN POCO LEJANO), dice, ¿y no parece ese el mecanismo que utiliza el autor para *pensar* en aquello que podría ocurrir, y que, inevitablemente, ocurrirá? Todo aquello que pasa en sus historias —tecnológicamente— resulta poderosamente verosímil porque sólo está llegando (ALGO) más (LEJOS) de lo que lo ha hecho entonces la (REALIDAD), y esto es así porque Jules investigaba —se quedaba dormido, contará Honorine, su inminente esposa, rodeado de revistas científicas, inaugurando aquello que harían, a partir de él, todos los escritores de ciencia ficción calificados de (VISIONARIOS) en el futuro, de Philip K. Dick a Ray Bradbury, pasando por la tan amante de sus novelas también Margaret Atwood, a quien si le gusta considerar lo que hace (ESPECULATIVO) es porque está pensando en él, en (VERNE), como me confesó en una ocasión, y ¿qué harán? Oh, suscribirse a revistas científicas, estar tan al día como lo están los propios científicos, no únicamente de los inventos, o los descubrimientos, sino también de las posibilidades que de ellos se derivan, lleguen o no a buen puerto—, y sus historias eran, también, conocimiento, un conocimiento que era como una (BRÚJULA) en un mundo en perpetuo cambio —oh, (LA

ERA DE LOS INVENTOS Y LOS DESCUBRIMIENTOS), la (ERA) en la que se seguían dibujando *mapas*—, un mundo en el que el (PROGRESO) era una constante con infinidad de apasionantes variables en marcha.

Según Herbert, el señor Lottman, el escritor desprecia las fantasías de la ciencia ficción, «donde las máquinas y los materiales nacen a capricho de la imaginación del autor». Sus personajes pasan, en cambio, por «ímprobos trabajos para sacar adelante su ciencia y recurrir, si es que pretenden conseguir nuevas herramientas, nuevos materiales e inventos, a los que ya existen», dice el señor Lottman, Herbert, que recuerda la nada casual casualidad de que, cuando envía una cápsula espacial habitada a la Luna —equipada con retrocohetes y cargada de alimentos concentrados para los astronautas—, lo haga desde una base de Florida, de donde saldrán, en ese futuro que no es más que un presente un poco lejano, el vuelo del Apolo en el que Frank Borman rodeó la Luna. Es cierto, dice Herbert, que los explosivos que usó Verne para lanzar su cápsula al espacio no habrían resultado tan eficaces como pretendía, oh, no, sus cápsulas no habrían podido alcanzar la Luna en ningún caso, asegura el biógrafo. De hecho, sus máquinas voladoras no habrían podido volar, y sus submarinos carecían del combustible que les permitiría, en ese futuro, *moverse* más allá de la página de cualquier libro, en el mundo (REAL), pero unas y otros hicieron algo más poderoso. Dieron el primer paso. Permitieron imaginar —dar forma mentalmente— a aquello que estaba por venir, y a la manera en que podía llegar a hacerlo. Eran, todos ellos, inventos en busca de inventor, dice Herbert, el señor Lottman. Y aquello que los rodeaba, la historia en la que estaban *inmersos*, era una realidad soñada. ¿Cómo fuiste capaz, *Jules*, de dar forma a una realidad que no existía, pero *podía* hacerlo, una realidad *deseada*, la que quizá sólo tú estabas viendo, o querrías haber visto, y al final, *viste*, y le diste una salida, la *creaste*, para que todos los demás pudiéramos verla, para que pudiéramos decirnos (OH, ASÍ TAMBIÉN PODRÍAN SER LAS COSAS) y (OJALÁ LO FUERAN), y al hacerlo, sabes qué, lo *fueron*? Muy sencillo, me dirías, me limité a tomar lo que veía, y a llevármelo (LEJOS), a llevármelo a un lugar en el que todo eran posibilidades, ¿y no es ese lugar el lugar que habitamos?, te diría, y probablemente asentirías, *Jules*, y dirías, (LO ES), pero (¿SABES QUÉ?), (A VECES NECESITAMOS QUE ALGUIEN NOS LO RECUERDE), (PORQUE LO OLVIDAMOS).

En *Cinco semanas en globo* se describen —como ocurrirá, a partir de entonces, en cada una de sus novelas— comarcas y pueblos poco conocidos, esto es, aún volubles, aún algo imaginarios, aún *dibujables*, y estirables, misteriosos, lo que permite adentrar al lector, a cualquiera de nosotros, en lo inexplorado, en la (AVENTURA), puesto que todo lector de una novela de Jules Verne es, por encima de todo, y apasionadamente, un (EXPLORADOR), un explorador de *líneas*. La experiencia íntima de la lectura, eso que Stephen King considera la (TELEPATÍA), algo que uno escribe, a solas, en algún lugar distante, en el tiempo y el espacio —piensen en Jules en su modesto despacho, el despacho que preside un también modesto globo terráqueo, allá en su casa de Amiens, hace más de un siglo, una casa en la que estamos a punto de *entrar*, oh, no se apresuren, ya *llegamos* y luego piensen en ustedes, *ahora mismo*, donde sea que se encuentren, y la posibilidad de abrir cualquiera de sus novelas y *viajar* a su mente, como están viajando en este momento a la mía, en otro tiempo, y otro espacio—, y que será *revivido*, rehabitado, por otro, en el futuro, en el caso de cada novela (JULES VERNE), permite al lector tener la sensación de que el mundo descrito se le está revelando sólo a él. A esto contribuye, por supuesto, la prosa, siempre musculosa, y algo intrigante, de Verne, que todo lo que tomó de Edgar Allan Poe, y Johann Wyss, de Defoe, y Jacques Arago, de Victor Hugo, de Charles Dickens, de Fenimore Cooper, lo transformó en documentado —y a veces, documental— drama *aventuresco*, en un anticipo de esa prosa basada en lo que de ella se ha escrito, o se ha dicho, que se practicaría a partir de entonces, y cuya cima se alcanzó, y se volvió, ingeniosamente, sobre sí misma el año en que Vladimir Nabokov publicó *Pálido fuego*, cosa que ocurrió, curiosamente, justo un siglo después de que se publicara *Cinco semanas en globo*, esto es, en 1962. Por supuesto, este hecho era indispensable para generar otra realidad válida en la propia realidad. Puesto que esas citas de periódico —sobre el valor del *doctor* Samuel Fergusson— eran un código para el lector, estaban describiéndole, o llevando a la ficción, al terreno literario, la manera en que la realidad se desencriptaba entonces. Piensen en todas esas revistas de divulgación científica que Jules leía, y leía todo el mundo, entonces. Ese *circo* en papel en que consistía el mundo que se alejaba de sí mismo a toda velocidad. Un *circo* con un idioma propio —el documental, tal científico dice esto, el otro dice lo otro, se descubrió en tal momento, las probabilidades son las que tal *doctor* certifica— que Jules Verne dejó caer sobre su prosa, y sus tramas, como quien deja caer un tintero, pero uno repleto de *fiabilidad*, o sensación de *fiabilidad*, porque, puesto que todo lo que se contaba estaba realmente basado en lo que se sabía sobre el mundo entonces, lo que se leía era una anticipación de lo que estaba por venir, eso que a Margaret Atwood le gusta considerar que hace, porque ya lo hacía Jules, *especular* en algo por entonces aún inexistente, una novela (ES-PECULATIVA), una novela que tomaba el pulso a lo que ocurría, y lo desplazaba, argumental y argumentadamente hacia el futuro.

Es suficiente, lo sé.

Ha quedado más o menos claro.

Lo sé.

Pero aún me gustaría detenerme un segundo más en la clase de protagonistas que iban a repetirse en las novelas (JULES VERNE) a partir de Samuel Fergusson, y Dick Kennedy, y su fiel criado, Joe. Oh, Jules Verne fue un gran creador de sirvientes, que no eran más que espejos *solucionadores* de trama, como el Jean Passepartout de *La vuelta al mundo en ochenta días*, mi favorito, un Sancho

Panza decididamente astuto, una armadura contra el mundo, y aquellos que no creen, ni quieren creer.

Fergusson, decía.

Y Dick Kennedy.

Joe.

Se da, en las novelas (JULES VERNE), un choque, cada vez, entre el hombre de ciencia, el alguien de un inventivo talento, y el hombre de acción, testigo escéptico de lo que está por ocurrir. Fergusson es el primero, el primer genio en lucha contra los elementos —siendo aquí los elementos esa posibilidad de atravesar África *volando*, y escapar a las tribus caníbales, y las inclemencias del tiempo, seco, insoportablemente ardiente, devastador—, y Kennedy, el cazador, también lo es, el primer *descreído*, el primero en considerar imposible la propia idea de la novela que estamos leyendo, lo que no deja de ser interesante, y a la vez fascinante. La novela se pone en duda a sí misma todo el tiempo, y quizá es el ingenio narrativo de Verne el que lo está haciendo. Está jugando consigo mismo. Se está dejando cuestionar por la realidad, y está derrumbándola sin remedio, cada vez, diciéndose a sí mismo, y diciéndonos que (LA VERDAD), esto es, cualquier posibilidad futura, estará siempre (AHÍ FUERA). Esa *dupla* en *La vuelta al mundo en ochenta días* se da con el inspector Fix, Wilbur Fix, el detective que persigue al ladrón protagonista, y que no lo detiene, en su periplo, en parte porque este lo esquiva, pero también porque está tratando de entender cómo es posible que esté haciendo lo que hace. En cada ficción de Verne habrá siempre un *creyente*, y a la vez, posibilitador, un *motor* para la acción y el descubrimiento, o la hazaña, y un no creyente, un *juez*, una especie de *tasador*, alguien que asiste, impávido, al milagro. Podría considerarse, en ese sentido, a Fox Mulder y Dana Scully, los agentes especiales del FBI creados por Chris Carter para la icónica *Expediente X*, un trasunto paranormal de la dupla inaugurada por Verne, que no es más, a su vez, que una versión científica de la dupla cervantina, Don Quijote y el mencionado Sancho Panza, el *motor* y la *armadura*, sólo que en el caso de Verne, la dupla, en lo que a la armadura se refiere, se *triplica*, porque existe el fiel sirviente, que cree a medias en lo que su *amo* cree, y lo protege —de ahí lo de *armadura*— pero también existe esa otra figura *nada* creyente —esa Dana Scully— que espera, en todo momento, que la realidad le dé la razón.

Fascinante, ¿verdad?

Pero es 1857. *Cinco semanas en globo* aún no está en la calle. La vida de Jules Verne es la vida de un hombre de 29 años decidido a no trabajar en nada que no sea escribir. Es él su propio hombre de acción. El único que cree en su empresa. Viaja hasta Amiens porque un pariente, decíamos, alguien llamado Auguste Lelarge, se casa. Y una vez allí conoce a alguien. La hermana de la mujer de Lelarge. Una Deviane. Honorine, se llama. Honorine Morel Deviane. Tiene 26 años, y dos niñas, Valentine, de cinco, y Suzanne, de tres. Es viuda. Jules escribe a su madre. Le dice que la familia le conviene. Lo que quiere decir que es una buena familia. Jules va en busca de (DINERO), y (ESTABILIDAD), para no tener que dejar de escribir. Le dice a su madre que Honorine le parece «muy agradable», pero por quien parece quedar encandilado es por su hermano, Ferdinand. Tiene la misma edad que Jules —entonces, 28— y es corredor de bolsa en Amiens. Gana mucho dinero. Y además, le dice a Sophie, «es el muchacho más amable que haya existido nunca bajo la capa del cielo». El padre de Honorine, Ferdinand y Aimeé —la mujer de ese pariente, Lelarge— también le parece encantador. Es un capitán retirado, «ocurrente a más no poder». Jules cree haberse enamorado. No del capitán, por supuesto, sino de Honorine. No le gusta que ya sea madre, «no tengo suerte», le escribe a su propia madre, «siempre me topo con dificultades de un tipo o de otro», le suelta, en sintonía con ese aire de víctima que, creía, le hacía parecer, quién sabe, más tormentosamente *cuidable*. Después de la boda de Lelarge, tanto cautivó a los Deviane, que pasó cuatro días en Amiens, y a su regreso ya había decidido casarse con Honorine. Pero ¿qué debía hacer para asegurar el *trato*? Disponer de una buena (POSICIÓN), aquello que, una y otra vez, le había arrebatado a cada una de las posibles candidatas. ¿Y no tenía aquel, su futuro cuñado, una buena (POSICIÓN)? Era corredor de bolsa. ¿Y en qué consistía aquel trabajo? Oh, era un trabajo fácil, se decía Jules. Consistía en tener muchos amigos y convertir a esos amigos en clientes. Consistía también en mantenerse al tanto del mercado y acudir todos los días a la Bolsa entre la una y las tres de la tarde. ¡Entre la una y las tres de la tarde! ¡JA! ¿No era maravilloso? ¡Aquel trabajo sólo iba a robarle dos ridículas horas al día! No había que hacer ningún trabajo administrativo, ni siquiera había que hacerse cargo de los títulos comprados o vendidos, sólo se trataba de, como recuerda Herbert Lottman, «avalar moralmente a los clientes».

Lo tenía, (POR FIN).

Con la excusa de que no podía casarse sin un buen trabajo, Jules regresó a París, y escribió a su padre. Le pidió 50.000 francos. Los necesitaba para poder entrar en el juego. Para poder convertirse en corredor. En *broker*. A su padre no le gustó la idea. Por ese dinero podía comprarle un bufete o una notaría, y disponer, para siempre, de un trabajo seguro. ¿Qué era aquello de correr *riesgos*? ¿Qué era aquello de *invertir*? Jules decía que era algo sencillo. Que su futuro cuñado lo hacía. Que a él se le daría bien. El padre le dice entonces que por qué no aprende el oficio trabajando primero como agente de bolsa, es decir, trabajando para *alguien*. Y Jules le responde: «En lo que dices de empezar a trabajar con un agente de cambio, al señor Devianne –el hermano de Honorine, su futuro cuñado, al que siempre tendía a cambiarle el nombre, añadiéndole esa doble *n*– no le parece una idea acertada. Opina que es perder el tiempo. En quince días en la Bolsa aprenderé más que en seis meses en las oficinas de un agente». Le dice también que piensa acudir a diario a la Bolsa para estar al tanto de las cotizaciones. Al padre no le gusta la idea. Piensa que Jules está apostando al azar, está corriendo *riesgos*, que le está obligando a él a correrlos. Jules insiste en que una plaza de agente de cambio es una mina de oro.

Oh, aquel primogénito, tan, siempre, insistente.

El *creyente*.

Lo consiguió, por supuesto.

Pidió, apresuradamente, la mano de Honorine a continuación. Se casaron, aprisa y corriendo, en enero de 1857. El día 10. Hacía un frío horrible en París. Oh, París. Fue en la Bolsa de París donde Jules trabajó, no en la Bolsa de Amiens. Su cuñado, que se mostró escéptico hasta el último momento —no le parecía que aquel tipo del gabán ligeramente polvoriento, aquel descuidado y altivo *escritor*, un miembro de la bohemia, nada aún conocido, quisiese *realmente* trabajar en la Bolsa—, le colocó en un despacho de la capital, donde debía echar una mano a su socio, y buscar clientes, y así, *probarse*.

En cualquier caso, la boda.

No hubo ninguna celebración. Jules se encargó de ahorrarles el dispendio a sus padres, que debían encargarse de los festejos. Después de la ceremonia, irían a cenar todos juntos, los Verne y los Deviane, y luego al teatro, «y se acabó la fiesta». «Ya está todo acordado. No tendréis que darles ninguna recepción en París. [...] Encargaré por adelantado una cena a tanto por barba y sanseacabó», les cuenta, por carta.

La fortuna de Honorine Morel doblaba la del entonces aprendiz de *broker*.

Se diría que los tiempos estaban a punto de cambiar, pero en realidad nunca lo hicieron. Porque el editor con el que Jules iba a encontrarse, esa otra variable que le cambiaría la vida, y con ella, cambiaría el discurrir —la (TRAMA)— del mundo, en su versión idealizada, o previa, *especulativa*, no iba a pagarle nunca demasiado, porque a él todo iba a parecerle siempre (BIEN), incluso eliminar el sentido *final* de la obra que contiene a su personaje más querido, el misántropo ilustrado que no hacía otra cosa que contenerlo, y expandirlo, a él, sí, a Jules, en un submarino que durante un tiempo fue un (MONSTRUO MARINO) para el mundo, un náufrago sin isla desierta, o para el que la isla desierta era algo en movimiento que había decidido abandonar tierra firme: el capitán Nemo. Oh, sí, prepárense para la vida de (NOVELISTA) que Jules se asegura tras *colocarse* al frente de una familia ya formada —la madre, las niñas—, y dedicarse ampliamente, y sin complejos, a la literatura. Porque, y es así como funciona, todo autor que abandona la (REALIDAD), todo autor que vive (GRANDES AVENTURAS) en el papel, debe vivir tranquilo en ella, disponer de una vida (PEQUEÑA), sencilla, segura y poderosamente previsible, controlable, oh, no, nada debe (NO ALARMS AND NO SURPRISES) perturbarla. ¿Existe, siquiera? Uhm, lo hace, pero no es más que un apéndice, un *escaparate*, algo que fingir *mostrar* para poder desaparecer *dentro*.

Oh, Jules, me digo.

¿Por eso le escribiste esa cosa horrible a tu hermano cuando los dos erais tan mayores que ya nada importaba?

Me refiero, Jules, a cuando estuviste a punto de dejar a Honorine, en 1893. Le escribiste a Paul una carta. Oh, Paul. Ni siquiera fuiste al funeral de tu hermano, Jules, porque entonces también te encontrabas mal, como siempre, tu estómago, todas esas cosas que te pasaban, no tenías fuerzas, decías, (CLARO), pienso, y (¿SABES?), tu hermano tampoco las tenía, de hecho, ya ni siquiera existía, pero en 1893 aún estaba vivo, y le escribiste una carta. Le dijiste: «Sea como fuere, tanto tú como yo nos equivocamos de forma tremenda e irreparable. Ya sabes tú a qué me refiero; no hace falta que te lo diga. Rompe esta carta. Pero qué diferente habría sido la vida sin ese error». ¿Y sabes qué, Jules? Que los estudiosos de tu obra le dieron las gracias a ese error, oh, ese error era (HONORINE), por supuesto, la joven provinciana con la que te aburrías, de la que nunca en realidad estuviste enamorado, porque creen que fue ese error el que te lanzó en brazos de la ficción desmesurada, de la pasión por escribir, creen que fue por eso por lo que escribiste tanto que te fuiste dejando una colección considerable de inéditos, porque escribías sin parar, pero ¿sabes qué creo yo, Jules? Creo que la elegiste precisamente para eso, que no querías que nada te distrajese, porque no importaba de qué forma, pero sabías que ibas a ser alguien, ¿recuerdas? (OBSÉRVENME) (ALGÚN DÍA SERÉ ALGUIEN), (UN ALGUIEN IMPORTANTE), por lo que nada debía distraerte, estabas *en el camino*, y aquel era buen trato, era el mejor trato, y lo sabías, pero, oh, nada nunca fue suficiente para ti, ¿verdad, Jules?

¿Sabes? Visité la Bolsa de Nantes. Quería imaginarte perdido, sin saber bien en qué consistía lo que pasaba allí dentro, pero fingiendo muy bien que lo hacías, y me dirigí al majestuoso edificio, me situé bajo una de sus columnas dóricas, contemplé las estatuas de Jean Bart, Abraham Duquesne y Jacques Cassard, y entonces me dije (OH, NO, JULES NUNCA ESTUVO AQUÍ EN REALIDAD), porque no había sido allí sino en París donde te habías convertido en esa cosa, *broker*, y sin embargo entré, y compré uno de tus libros, compré el libro que Hetzel no te quiso publicar, por demasiado distópico —no, no existía esa palabra entonces, entonces todo era (PROGRESO), ¿y por qué tú veías el (HORROR) en ese (PROGRESO)? Oh, no te gustaban los cambios, ¿verdad? ¿Vestías siempre igual, como Phileas Fogg? ¿Comías cada día a la misma hora también, como él?—, *París en el siglo XX*, en realidad, *Paris au XX^e siècle*, en una edición de bolsillo, con un posfacio inédito de tu bisnieto, Jean Verne, el hijo del destinatario de la carta del astronauta Frank Borman, tu nieto, *Jean*, en el que detalla cómo dio con el manuscrito —estaba en un *coffre-fort*, esto es, una caja fuerte, que había permanecido en el garaje de la *villa*, o la casa, de Toulon, que su padre había hecho construir en 1956—, y de qué manera admiró a su abuelo —no Jules, sino *Michel*, el hijo nada pródigo del escritor—, con qué avidez leyó de niño *La agencia Thompson y Cía*, una de las novelas que publicó tu hijo, *Jules*, y que, en un sentido *plástico*, narrativo, superaba, brillante y sorprendentemente, tu rigidez. Construía, Michel, *personajes*, que tenían *auténticas* relaciones entre ellos, que estaban, en algún sentido, *vivos*, o mejor, en el mundo, se diferenciaban, *fallaban*.

El posfacio, decía.

Es interesante, pero no habla de ti, *Jules*.

La Bolsa de Nantes tampoco. De hecho, la Bolsa de Nantes es un edificio por completo vacío. Ahora es una *tienda* enorme. Y deprimente. Una franquicia de algo que hoy podría considerarse casi un almacén en tonos grises. Allí compré ese ejemplar de bolsillo de tu novela. La novela que Hetzel no quiso publicarte en 1863 —porque hacerlo, te dijo, acabaría con tu prometedora carrera— y que tu bisnieto Jean encontró a finales del siglo XX, el siglo del que hablaba, en 1989.

Si alguna vez pasan por ahí, busquen el número 1 de la Rue Saint-Nicolas. Hay en ese lugar una cervecería llamada (TABARNAK), esto es, (¡DIABLOS!), o (¡DEMONIOS!), en la que sirven *biere nantaise*, cervezas artesanales hechas en Nantes, que, por cierto, en el siglo XIX, *tu* siglo, Jules, era una especie de capital de la cerveza.

Tómense una Triple en su honor, e imaginen que le ven atarse los zapatos junto a una de las columnas del edificio de ese desplazado lugar en el que tal vez el escritor nunca entró, pero en el que hoy se venden sus libros.

# 3

Una cronista visita (AMIENS), el lugar en el que Honorine estuvo siempre (SOLA) / Dos hermanos en Nueva York y cientos de arcoíris en las cataratas del Niágara / El (SEÑOR JULES VERNE) ha creado un (NUEVO GÉNERO), dice Jules Verne / Pierre-Jules Hetzel encuentra una (MINA DE ORO) / Las (TRES ETAPAS) de los (VIAJES EXTRAORDINARIOS), también la pesimista

En otoño de 1894, Marie Belloc, una cronista del *Strand Magazine* de Londres, viajó hasta Amiens, la pequeña capital —tenía cerca, entonces, de 90.000 habitantes— en la que Jules Verne se había instalado tras aquella impaciente boda. No, nada había cambiado en su vida en todo ese tiempo, ni lo hizo nunca. Honorine, su mujer, le sobrevivió. Honorine no lo pasó del todo bien en todos esos años. ¿Por qué? ¿Le fue infiel el escritor? No exactamente, aunque, según el señor Lottman, Herbert, se enamoró perdidamente de más de una mujer, intercambió con ellas algunas cartas, las convirtió, invariablemente, en las siempre hermosas y *salvables* protagonistas femeninas de sus novelas. Lo que pasó en todos esos años es que Honorine se sintió sola. Jules era una ausencia a veces ni siquiera presente. Se compró uno, dos, tres barcos. Escribía a menudo en ellos. Al menos, en el primero de ellos. Parte de *Veinte mil leguas de viaje submarino* se escribió en el *Saint-Michel,* su primer velero. Tenía en él un ínfimo despacho con vistas a un mar en movimiento, puesto que Jules escribía mientras viajaba. Estuvo en Vigo, en más de una ocasión —estuvo en *dos* ocasiones—. De ahí la famosa estatua que hay en el puerto. Oh, sí, Jules tiene una estatua en Vigo. Tal vez recuerden que la ría de Vigo aparece en *Veinte mil leguas de viaje submarino*. El Nautilus la *pisó,* sumergida y ficcionalmente, en 1868. El escritor pisó su tierra firme diez años después, en 1878. Regresó en 1884. Hacía escala, en ambos casos. Por entonces sus viajes habían empezado a ser *largos*. Aunque nunca lo fueron tanto como el viaje que hizo con su hermano Paul en 1867.

En 1867, Paul y Jules Verne embarcaron en el *Great Eastern* con destino Nueva York. El viaje fue un fracaso para la compañía —había plazas para 2000 pasajeros, y sólo 200 viajaron—, pero no para los hermanos Verne. «Vi Nueva York, viví en el Fifth Avenue Hotel, crucé el East River antes de la construcción del puente de Brooklyn, remonté el Hudson hasta Albany, visité Buffalo y el lago Erie, contemplé las cataratas del Niágara desde lo alto de la Terrapine Tower mientras el arcoíris lunar se dibujaba a través de los vapores de los saltos de agua; por último, más allá de Suspension Bridge, me senté en la orilla canadiense... ¡y después me fui! ¡Y una de las cosas que más lamento es pensar que nunca volveré a ver esa América a la que quiero, y que todo francés debe querer como a una hermana de Francia!», escribió Jules, en algún momento, a su vuelta. También escribió una novela, que ojalá hubiese sido un diario de viaje, pero fue una novela. Su título es *La ciudad flotante*, y está por completo basada en el tiempo que los hermanos pasaron en alta mar, camino de Estados Unidos, pero se obliga a perderse en una trama más forzada que de costumbre, arquetípicamente vacía —la acción la proporciona una especie de romance maldito—, que acaba por perderse. Y sin embargo, debe leerse, pienso, porque contiene ese viaje, ¿y no es apasionante pensar que, por una vez, puede, el lector, viajar contigo, *Jules*? Tratar de leer entre líneas. Sabiendo que lo que se cuenta no es lo que se ha leído sobre aquello en lo que consiste un viaje transatlántico a finales del siglo XIX sino lo que se ha vivido. ¿Era la primera vez que viajabas, Jules? Oh, no. En 1859, habías viajado a Inglaterra y Escocia, con tu amigo Aristide Hignard, y entonces sí escribiste una suerte de diario de viaje —*Viaje por Inglaterra y Escocia*— que tenía aspecto de novela —dos amigos franceses recorriendo esa parte del mundo— pero no se obligaba a más aventura que la que constituía el viaje en sí. Viajaste luego a Escandinavia, también con Hignard, y lo hiciste coincidiendo con el momento en el que Honorine salía de cuentas, así que te perdiste el nacimiento de Michel.

Oh, Jules, ¿en serio?

Decía que Honorine se sintió sola.

También, y especialmente, cuando trajo a su hijo al mundo.

Pero ¿cómo iba el escritor a permanecer en casa y esperar a que su hijo le robase el protagonismo? No, él regresaría de aquella (AVENTURA), y tendría tanto que contar que lo que Honorine y su hijo habrían hecho en sus primeros días de vida no importaría lo más mínimo, sería algo (CORRIENTE), sería algo que simplemente (OCURRÍA), no sería nada del otro mundo porque así era como debía ser, ¿verdad?

Oh, disculpen, la cronista.

Marie Belloc.

Llega a la casa de Amiens del escritor, en otoño de 1894.

Se fija en que no hay ninguna hoja seca en el césped, y en que Jules llevaba la roseta de oficial de la Legión de Honor —título que se le había concedido hacía dos años, en 1892— en el ojal. Piensa, Marie, que el escritor parece más un aristócrata rural que un escritor. Honorine sale al paso, ante la modestia, y la lejanía de Jules, y le recuerda a la cronista que muchas de las «anticipaciones» de su marido, que habían parecido fantásticas cuando se publicaron, eran entonces ya (REALIDADES). «Quita, quita, simples coincidencias», parece ser que ataja el escritor que, por otro lado, parece impasible. Es Honorine la que acompaña a Marie Belloc al despacho de Jules, y le dice que su marido se levanta todas las mañanas a las cinco y trabaja hasta las once, y se acuesta entre las ocho y las ocho y media de la tarde.

También le dice que Jules no volvía a leer sus novelas —ni una sola línea— una vez se publicaban. Y fue el propio Jules quien le contó a Marie que, antes de empezar a escribir un libro, hacía un guion. (NUNCA COMIENZO UNA HISTORIA SIN SABER CÓMO VA A ACABAR), le dijo. Corregía, eso sí, corregía muchísimo. En parte, porque a Hetzel no todo le parecía (BIEN), y Jules consentía.

Siempre consentía.

Y sí, ha llegado el momento de conocer a Pierre-Jules Hetzel.

Hetzel solía vestir chaleco, y gabanes aparentemente más ligeros y menos polvorientos que los de Verne. Había nacido en 1837. Para cuando Marie Belloc visitó a Jules Verne en Amiens ya había muerto. Murió en 1886. Louis-Jules, su hijo, heredó la editorial, y su título de editor de Jules Verne. En cualquier caso, Pierre había estudiado Derecho, como Jules. Había fundado su primera editorial en 1837. Había publicado a Honoré de Balzac, Victor Hugo y Émile Zola. Oh, eso ya lo hemos dicho. Pero no hemos dicho que fue el editor de la mayestática *Comedia humana* de Balzac —las pretendidas 137 historias interconectadas, el *fresco* de la sociedad francesa que debía retratar lo que había ocurrido desde la caída del Imperio Napoleónico, en 1815, hasta la Monarquía de Julio, en 1830, que fueron en realidad 87 novelas, y siete más no previstas—, ¿o sí? Era editor y amigo de George Sand, también. En 1848 se había metido en política. Fue jefe de gabinete de Alphonse de Lamartine, el ministro de Asuntos Exteriores y trató no volver a ser otra cosa que editor poco después, cuando Luis Bonaparte inició los preparativos del golpe de Estado de 1851. Pero casi acabó en la cárcel, porque Napoleón III fue hasta a por el último de sus (ENEMIGOS) políticos. Así que se exilió. Oh, sí. Hetzel pasó lejos de París, y Francia, ocho años. A su regreso, en 1859, se compró una casa en el número 18 de la calle de Jacob. La casa tenía un gran jardín trasero. La casa no iba a tardar en convertirse en la sede de Hetzel & Cie, su nueva sociedad *editora*.

Fue en aquella casa donde, se dice, se vieron él y Jules por primera vez.

Ocurrió en algún momento de 1862.

Hetzel ya había empezado a publicar novelas en esa nueva sociedad, o *sello* de múltiples tentáculos, sobre todo, de autores exiliados. Pero también libros infantiles. De ahí lo de los múltiples tentáculos. Creó una colección de libros para niños y uno de sus compañeros de colegio, alguien llamado Jean Macé —un educador, todo un experto en el asunto— se convirtió en su primer autor. Publicó algo llamado *Historia de un bocado de pan*. Y le echó una mano en la búsqueda de títulos. Pero Hetzel no iba a publicar sólo libros para niños, ni tampoco únicamente libros de autores exiliados —aunque él se contaba entre ellos, pues, sí, se desdoblaba en autor cada vez que alguien llamado P. J. Stahl [*sic*], él mismo, le enviaba un manuscrito—, porque también publicaría la primera novela (JULES VERNE) de un tal Jules Verne.

Dice el señor Lottman, Herbert, que circulan todo tipo de leyendas respecto a cómo fue la cosa. Según la nada fiable biógrafa *pariente*, Marguerite Allotte, Jules se presentó una mañana del otoño de 1862 —¡*otro* otoño!— en casa del editor, y alguien le hizo pasar a su dormitorio, donde Pierre-Jules, que era un ave nocturna, atendía a las visitas a primera hora. Jules, tímido, dejó el manuscrito de *Cinco semanas en globo* encima de la cama, y apenas intercambiaron palabras. ¿Fue así como ocurrió? Al parecer, *no*. Porque el mismo Jules Verne contó, más adelante, que había habido un intermediario. El intermediario era un autor de Hetzel, Alfred de Brehat, que había publicado un libro dedicado al hijo del editor —el futuro editor—, titulado *Aventuras de un niño parisino*. Pero el cómo, se dice Herbert, debería traernos sin cuidado, porque lo que importaba era la forma (PORTENTOSA) en que Hetzel necesitaba a alguien como Jules para lo que tenía en mente. Y lo que tenía en mente era convertir el mundo nuevo de los descubrimientos y los inventos en relatos de, dice Lottman, «amena lectura». Ni que decir tiene que Jules hizo mucho más. Y se lo dijo a sí mismo, y al mundo, en el texto de presentación de *Las aventuras del capitán Hatteras*, su primer (VIAJE EXTRAORDINARIO) oficial. «El señor Jules Verne —escribe el propio Jules— ha creado un nuevo género y merece un lugar aparte dentro del campo de la literatura contemporánea. Es un narrador entusiasta que nada tiene que envidiar a los novelistas más hábiles, pero posee, al tiempo, una de las mentes más científicas del momento. Nadie hasta ahora había conseguido que los relatos de ficción diesen tan sobrecogedora impresión de realidad y, al leer sus libros, llegamos en verdad a preguntarnos si es posible que tales obras sean fruto de la imaginación. Por todo lo dicho, los arrojados personajes que el autor nos presenta arrastran consigo al lector, incluso en contra de la voluntad de este, y lo obligan a seguir sus pasos». ¡Vaya! ¿Qué les parece? Hetzel añadió, en su «Nota del editor», lo siguiente: «Las novelas de Jules Verne han llegado en el momento más oportuno. Cuando vemos cómo se agolpa el público en las conferencias que se imparten por doquier en Francia, cuando vemos que, junto a las críticas de arte y teatro, ha habido que hacerles un sitio en nuestros diarios a los informes de la Academia de las Ciencias, no nos queda más remedio que admitir que la época en que vivimos precisa de algo más que el arte por el arte y que ha llegado la hora en que la ciencia tiene ya, por derecho propio, un lugar en el campo de la literatura».

Pero eso ocurriría después.

Aunque no mucho después.

Porque el *flechazo* que se dio entre autor y editor aquel otoño de 1862, o mejor, los días que siguieron, o tal vez ni siquiera los días, ¡el día!, oh, no cuesta nada imaginar a Hetzel leyendo enfebrecidamente el manuscrito de *Cinco semanas en globo*, o *Viaje por los aires* —así lo llamaron en el contrato—, diciéndose (¡ESO ES!) (¡BIEN HECHO, MUCHACHO!) y (¡VAYA! ¿NO ES ESTO MARAVILLOSO?) (¡NOS

HAREMOS RICOS, CHICO!) (¡RICOS!) (¡JOU JOU JOU JOU!),
a cada momento, mientras leía, maravillado, aquello
que Jules Verne, el Jules Verne que ya había dejado de
trabajar en la Bolsa de París, porque, (CHICOS) (TENGO
ALGO ENTRE MANOS) (Y ES ALGO VALIOSO) (¡UNA NOVE-
LA!) (VERÉIS) (PUEDE QUE JAMÁS REGRESE) (PORQUE ESO
QUE TENGO ENTRE MANOS PODRÍA VOLVERME, AL FIN,
UN ESCRITOR DE ÉXITO), cuenta Herbert que les dijo a
sus compañeros, aquellos otros *brokers*, que debían de
mirarse unos a otros diciéndose (CLARO) (SIEMPRE HAS
TENIDO PINTA DE CUALQUIER COSA MENOS DE ESTO QUE
HACEMOS) (LÁRGATE) (¡Y CONVIÉRTETE EN ESCRITOR!)
(¡JA!) (¡TE MORIRÁS DE HAMBRE!), riéndose estruendosa-
mente a sus espaldas, iba a cambiarles la vida a ambos,
y de paso, a todos nosotros, a sus contemporáneos, y a
los contemporáneos de una buena colección de genera-
ciones, y si hoy no sigue cambiando vidas —que tal vez
lo haga— es sólo porque nada puede cambiarlas ya en
ese sentido, el mundo se ha vuelto demasiado previsible, radiografiable, *nada* misterioso.

Un momento.

El mundo nunca va a dejar de ser un (MISTERIO).

Ni siquiera nosotros vamos a dejar de serlo.

Pero hemos decidido creer que (SÍ).

Oh, Jules, te hemos abandonado.

Yo no. Yo jamás.

Pero el mundo (SÍ).

Porque, uhm, ¿sabes por qué, Jules? Porque se ha
metido en la caverna. Está limitándose a observar las

sombras en la pared. Las sombras en la pared son todo eso que ocurre en sus teléfonos, en el mundo algorítmico, en el mundo digital, en el mundo (SIN MISTERIOS). Todo eso que nada tiene que ver con el mundo (REAL) pero que lo ha sustituido. Oh, ya me entienden. No hay una única realidad. Pero sí hay un único mundo. Este planeta. Que está en el (ESPACIO), sí, (AHÍ ARRIBA), en el lugar con el que Frank Borman soñaba cuando aún no nos habíamos puesto en manos de (LA PANTALLA), o (LA CAVERNA), o sus sombras, todo eso que nos vuelve enfermizamente vulnerables, y nos aleja de lo que somos, una narración en marcha, y nos detiene y nos aísla, y nos hace a un lado y nos impide considerar que nada sea un milagro aunque todo lo es.

¿Qué sinsentido, verdad?

Ojalá cambies aún alguna vida, Jules.

Aunque he de decirte que el (MUSÉE JULES VERNE) de Nantes no estaba muy concurrido el día de tu cumpleaños. Puede que hubiese unas diez personas. No pasaron mucho tiempo en ninguna de las salas. Las salas ya no son tan valiosas porque nada es original en ellas, a menos que los cubiertos, y los platos, tu baúl de viaje, y algunas fotografías de tus barcos, y ediciones de tus (VIAJES EXTRAORDINARIOS) cuenten. Antes había *manuscritos*, Jules. Tal vez estén en Amiens. Me equivoqué. Debería haber viajado a Amiens. Lo haré. Querría ver tu escritorio. Ese que, decían, era de lo más modesto. ¿Sabes que durante un tiempo se dijo que tenías un planisferio en tu despacho que a los visitantes les parecía la palmera de unos fuegos artificiales porque estaba surcado de «rayas rojas, azules, etc., con las que Verne marcaba los itinerarios que ya había recorrido, las comarcas que no tenían ya misterio alguno» para tu pluma? Lo cuenta el señor Lottman, Herbert, en su biografía, y dice también que un memorialista parisino te había oído contar que pretendías abarcar con tu obra el planeta entero, «sin omitir ninguna tierra virgen». Oh, esto es cierto. Lo dijiste. Pero nadie sabe si es verdad que, como se decía, antes de dar comienzo a tu siguiente novela, observabas ese mapa, y clavabas un alfiler en una tierra aún por explorar —literariamente— y leías luego «todo» lo que se había publicado sobre ella. Lottman se pregunta si ese mapa existió. Y se dice que lo más probable sea que no lo hiciera, porque lo único que ha llegado hasta nuestros días es que tenías un globo terráqueo. Está sobre tu mesa aún. En ese otro museo, en Amiens. En tu casa. La casa de la torre. Oh, así se la conocía. Tenía, y tiene, una torre. Es una torre exagerada, curiosa. Está en la calle Charles Dubois, en el número 2.

Qué oscura parece tu habitación.

Tenía razón Nellie Bly.

Oh, pero el contrato.

Firmaste un contrato abusivo con Pierre-Jules Hetzel en 1862 que iba a marcar tu relación con él. Tu hijo Michel, en quien tan poco confiabas, no pudo creerse lo que habías estado cobrando mientras eras la clase de (MINA DE ORO) en que te convertiste. Menos que un periodista de la época. Hasta Sherhard, Robert Sherhard, ese periodista, ese *fan* que te entrevistó —y publicó la entrevista en algo llamado *McClure's Magazine*, en enero de 1894— cuando ya eras en extremo famoso, y te lamentabas porque la Academia no te quería —jamás te quiso, oh, le dijiste a Sherhard que el gran pesar de tu vida había sido el hecho de que nunca (NUNCA) habías tenido «lugar alguno» en la «literatura francesa»—, te advirtió al respecto. No pudo creérselo. ¿Le contaste a Sherhard lo que Hetzel hizo con el final de *Veinte mil leguas de viaje submarino*? ¿Le dijiste que reescribía tus libros, y que tú jamás te negabas a nada? «Le aseguro que lo tendré en cuenta, porque tiene usted mucha razón en todos sus comentarios», le decías, y consentías, admitiendo que no tenías aún el suficiente «dominio» para «conseguir limitarme a hacer sólo lo que quiero hacer». Cuando lo tuviste, también consentiste. Sólo al final dijiste que ya era suficiente. Pero tampoco se lo dejaste tajantemente claro. Hetzel disfrutó, sobremanera, de tu docilidad, la (DOCILIDAD) de la (ESTRELLA). Piensen que, si alguna vez no han entendido algo —como el final de *Veinte mil leguas de viaje submarino*— quizá es porque Hetzel se negó a entender a su autor, o aceptar lo propuesto, por miedo a, sí, *perder* lectores.

Aunque *Cinco semanas en globo* se considera el primero de los (VIAJES EXTRAORDINARIOS) no lo fue de forma oficial, pues no era entonces aún Jules Verne un asalariado de Hetzel. Lo fue a partir de entonces, cuando se puso manos a la obra con *Las aventuras del capitán Hatteras*, la primera novela con la que, a entrega quincenal, se encargó de *llenar* el nuevo *Magasin d'Éducation et de Récréation*, la revista para jóvenes lectores que Hetzel había ideado con Macé, su compañero de colegio —educador, y escritor, pero escritor infantil—, y que convertiría en una constante. Jules escribía sin descanso, y más de una novela a la vez, esto es, más de una historia de exploración imposible, más de un (VIAJE EXTRAORDINARIO), a la vez, y Hetzel devolvía a vuelta de correo el manuscrito corregido, y Jules hacía, cada vez, los cambios pertinentes, porque todo, siempre, le parecía (BIEN), ¿y no dirían que, sabiendo como sabemos lo mucho que le costó (CRECER), lo mucho que le costó dejar de comportarse como un alguien en extremo inmaduro necesitado de atención, una suerte de (BEBÉ) enorme que reclamaba (CUIDADOS) por carta, que se quejaba de su infortunio, que pretendía un reconocimiento instantáneo, y (CONSTANTE), aceptar, como lo hizo, desde el principio, todo lo que Hetzel le propuso —a menudo cambios considerables—, era de lo más francamente (MADURO) que había hecho hasta el momento? Recuerden que incluso se las ingenió para que el nacimiento de su hijo —y su *destrone* en tanto *rey* o, mejor, *príncipe*, de la casa— le pillase de viaje, abrigado como un explorador ártico, en una remota, y helada, y lejana parte del mundo. La nueva revista —el famoso *Magasin* en el que llegaría a publicar Charles Dickens— salió a la venta el primer día de la primavera de 1864. La primera página incluía el primer capítulo de aquel primer (VIAJE EXTRAORDINARIO) oficial, el que tenía como protagonista al capitán Hatteras, John Hatteras, un tipo obsesionado con clavar la bandera británica en el Polo Norte. Era, también, y como el resto de protagonistas de las entonces futuras novelas de Jules Verne, un hombre de difícil encaje con el mundo —un náufrago, no en el sentido literal sino en un doliente, apesadumbrado, incomprendido sentido existencial—, y un *visionario*, alguien con una (GRAN IDEA) —oh, tú mismo, una y otra vez, ¿verdad, *Jules*?— que no iba a cejar en su empeño hasta que se hiciese (REALIDAD). Pero aquel año, 1864, también publicó *Viaje al centro de la Tierra*. Oh, leí *Viaje al centro de la Tierra* cuando era niña, y, créanme, lo pasé en grande. Sobre todo, porque pasé (MIEDO). La narración, en algún sentido, *gótica* —¿saben que Jules escribió una secuela, o la continuación, de *La narración de Arthur Gordon Pym*, de Edgar Allan Poe? La publicó por entregas el año 1897, entre enero y diciembre, la tituló *La esfinge de los hielos*, y en ella, Jeorgling, un mineralogista estadounidense, un hombre de ciencia, un *iluminado*, *busca* al desaparecido Gordon Pym en el Polo Sur—, oscura, envolvente, coloca al lector tras los personajes, o *entre* ellos, como un espectro, un explorador más, puesto que a su alrededor ha construido un mundo en el que todo es como (AHÍ FUERA) pero *no* exactamente, porque sabes que (DENTRO), todo es posible, cualquier cosa, y esa complicidad te vuelve, de niño adulto, *testigo* del milagro, una y otra vez. Recuerdo, de aquella lectura, a Álex, el sobrino del profesor Lidenbrock —el primero encaja en el perfil de *testigo* del milagro, es, sin duda, el *lector*, eres *tú*–, y al profesor Lidenbrock –ese hombre de ciencia *invencible*, ese sabio egoísta–, y a Hans, el cazador de pictóricas aves islandesas, el cazador de éideres convertido en guía –y en la parte de la *dupla* triplicada de Verne que pone en duda–, pero sobre todo recuerdo a Gräuben, porque, aunque personaje secundario, era un personaje femenino, y un personaje de *acción*, y probablemente fue el primer personaje femenino *valiente* al que seguí los pasos, dentro del libro, diciéndome que una parte de ella era yo, un yo potencial, y, a la vez, inevitablemente, no pudiendo evitar construir con ella una parte de mí, esa parte que *entiende* el sentido del náufrago, y la soledad –y la incomprensión– de aquel que pretende llegar (ANTES), aquel que abre camino, aquel que se tiene por (CHIFLADO) porque aquello en lo que cree no ha sido aún aceptado, no existe para los demás, pero lo hará, algún día, (OBSÉRVENME) (ALGÚN DÍA SERÉ ALGUIEN) (UN ALGUIEN IMPORTANTE). En la novela, además, se hablaba de Islandia, de un volcán, el Snæfellsjökull –oh, te obsesionaron los volcanes, *Jules*, eran algún tipo de (PUERTA) al corazón del corazón del (PLANETA), ¿verdad? El misterio que *viaja* con nosotros, lo que sea que somos por dentro, que estamos *siendo* sin poder *controlarlo*–, y de un escritor ligeramente maldito, Arne Saknusemm, el autor del pergamino que encuentra Otto, el profesor de mineralogía –oh, los minerales, Jules, *bien*, todo aquello que pudiendo estar vivo no lo está, ¿por qué? Está hecho de *materia*, como nosotros, y sin embargo, no respira, ¿y por qué no respira? ¿En qué consiste la vida, Jules?—, el huraño genio —oh, Jules, no dejaste de crear genios huraños, ¿estabas riéndote de ti, o te jactabas de eso mismo en lo que parecía ibas a convertirte y a buen seguro, en realidad, nunca fuiste?— que soporta tempestades, se topa con (MONSTRUOS MARINOS), *sale* de laberintos, *taladra* (EL MUNDO), y *vuelve* a la superficie. ¿Y no les parece una metáfora (FABULOSA) de aquello en lo que consiste (CREAR), abrirse camino en un territorio (INEXPLORADO) que sólo toma forma, y sentido, después de que alguien lo *descubra*?

Lo es, y lo fue, a su manera, cada vez.

Estaba, Jules Verne, explorándose a sí mismo.

Explorando, como Herman Melville, el (MISTERIO) de la única especie narrativa que existe, y sus posibilidades.

Permitiéndose vivir otras vidas, *todas* las vidas *posibles*, siendo él mismo y otro cada vez, instalándose en cada historia, por un tiempo que era (SIEMPRE), pues nunca dejó de escribir, nunca dejó de rellenar esos cuadernos tan escrupulosamente divididos en dos —había un abismo entre el margen izquierdo y el derecho, y uno, el primero, ya les dije, era narración, y el segundo era *pensamiento* sobre esa narración, planes, *dibujos*—, la letra diminuta amontonándose, apresurándose, *tanto* que contar, tan *poco* tiempo —el ritmo al final de su vida fue tan feroz que dejó a su muerte una buena colección de manuscritos inéditos, incluida una obra esperantista, oh, sí, Jules Verne fue uno de los más ilustres defensores del esperanto, esa lengua imposible que había inventado y difundido un oftalmólogo polaco, Lejzer Zamenhof, para no tener que elegir una lengua existente y podernos comunicar universalmente, algo por completo artificial y utópico, que contraviene el principio mismo de la lengua, el hecho de que, como cualquiera de nosotros, ha nacido de forma orgánica, y no puede, ni debe, en ningún caso, *forzarse*, no puede crearse, se *crea* sin más, y es ella la que nos da forma y no al revés—. Planeaba, Jules, completar un centenar de manuscritos, y lo hizo, aunque el *mercado*, eso que había inventado Hetzel para él, y el mundo —sus ediciones *navideñas*, la condición *serial*, el necesario completismo, y la belleza de los acabados, oh, los (VIAJES EXTRAORDINARIOS) fueron sin duda el primer libro objeto que existía, algo con aspecto de (TESORO) que no podía no poseerse, costase lo que costase—, no fue capaz de absorberlos en vida del autor —que sólo vio publicados 54 (VIAJES EXTRAORDINARIOS)—, pero lo hizo después, aunque de desigual manera, puesto que Hetzel *senior* había muerto, y a su hijo Jean lo devoró el nuevo mundo, ese aún por entonces prometedor y fulgurante siglo XX, que no tardó en olvidar aquella fascinante, *mágica*, maquinaria subterránea de descubrimientos, de *inventos*, que había hecho del siglo anterior un lugar —temporal— apasionante. Y hay muchas maneras de dividir esos *controlados* (VIAJES EXTRAORDINARIOS), y Hetzel *padre* se encargó meticulosamente de hacerlo —los dividió en 11 categorías, que tenían que ver con el lugar, después de todo, eran (VIAJES), aunque también incluía lo que él llamó «Historias de Robinsones», entre las que se cuentan *Escuela de Robinsones*, *Dos años de vacaciones*, *Segunda patria*, y *Los náufragos de Jonathan*—, pero la forma orgánica de hacerlo es la que tiene que ver con lo que pasaba en la (MENTE) del creador mientras les daba forma. Así, existen dos etapas distintas, y una tercera en la que Jules ya no está, y el que dirige la (ACCIÓN), en todos los sentidos, también la editorial —y lucha, por fin, por los derechos robados, oh, no exactamente robados pero sí altamente descuidados, menoscabados—, es su hijo Michel.

La primera se abre en 1862 con *Cinco semanas en globo* y se cierra en 1880 con *La casa de vapor*. Es en esa etapa que Jules publica lo mejor, o más destacado, de su obra —*La isla misteriosa* (1874), *Miguel Strogoff* (1876), *De la Tierra a la Luna* (1865), *Veinte mil leguas de viaje submarino* (1869), *La vuelta al mundo en ochenta días* (1872) y, claro, *Viaje al centro de la Tierra* (1864)—, y lo que la insufla es un socialismo romántico, sus personajes son auténticos exploradores, descubridores, y los científicos son hombres carismáticos y solidarios. Las máquinas no amenazan al ser humano ni a la naturaleza, se parecen a las que diseñaba Leonardo da Vinci, son *inofensivas*, en cierto sentido *infantiles*, inocentes, hasta indistinguibles de la naturaleza en algunos casos —como el propio Nautilus, el submarino que es tenido por un (MONSTRUO MARINO) hasta que Pierre Aronnax pone un *pie* dentro y descubre al incomprendido, misántropo, *sufriente* capitán Nemo que lo dirige—. Son máquinas que existen al margen de la dinámica capitalista, que facilitan, o hacen más cómoda, la vida, allanan el futuro, son *puro*, bonachón, desinteresado, progreso. ¿Ocurre algo así en la segunda etapa, la que va de 1880, es decir, desde *La casa de vapor*, o mejor, la siguiente, *La jangada* (1881) hasta 1905, el año de su muerte y de la publicación de *La invasión del mar*? No, por supuesto. En esa segunda etapa, Jules se muestra más pesimista, y sus historias, también. De esa segunda etapa son novelas como *Norte contra Sur* (1887), *Dueño del mundo* (1904) y *Del revés* (1889), una fascinante novela que se abre con una crítica a la posición de la mujer en la ciencia —«¿Afirma usted, señor Maston, que nunca ha habido mujer capaz de hacer alguna aportación al progreso de las ciencias matemáticas o experimentales?» es la primera línea, a lo que el tal señor Maston responde, desacomplejadamente, «Con gran pesar, *mistress* Scorbitt, no puedo decir lo contrario», a lo que la tal *mistress* Scorbitt replica, «¡Señor Maston, permita que proteste en nombre de mi sexo!», y lo que sigue es una discusión que acaba en sumisión por parte de la tal Scorbitt, aunque hay un doble rasero en aquello que se expone y lo que *es*, puesto que la investigación del tal señor Maston no podría ser posible sin la fortuna de ella, así que ¿quién permite *qué*, y por qué y cómo avanza también el mundo?–, y que trata sobre *enderezar* el eje de la Tierra, con fines *nada* progresistas. Es una etapa, esta, más claramente política. En ella se ve cómo se forman los imperialismos, la carrera por las colonias, cómo se fusionó el capital industrial con el financiero y sus consecuencias, entre ellas, la creación de los primeros grandes monopolios, y por lo tanto, el fin de la (ILUSIÓN), o del (SUEÑO), de aquello que era aún *compartido*, oh, todos estábamos en ese *barco*, era el mismo *barco*, y luego dejamos de estarlo, porque luego ese barco empezó a producir (DINERO), y alguien quiso quedarse con él, como si fuera un (TESORO) que nada tenía que ver con lo que podía ofrecer al mundo y sí con lo que podía ofrecer a la parte del mundo que se lo adjudicase. En esta segunda etapa, el científico de sus historias empieza a formar parte de la producción industrial, se convierte en *empresario*, lo que permite un mayor impulso de eso que intenta llevar más lejos —la ciencia, la técnica—. Pero también ocurre que, en tanto algo que puede (MANEJARSE), un objeto (VALIOSO), la ciencia empieza a aplicarse a la guerra, y se pervierte su condición de (PASO ADELANTE), empieza a convertirse en (ENEMIGO), y el científico despierta a su responsabilidad, una responsabilidad social, antes clara y evidente, pues lo era únicamente con el (PROGRESO), y (EL BIEN), pero a partir de entonces existe la posibilidad de usar lo descubierto para (EL MAL), y las tramas se complican, pero también se vuelven más adultas, en lo que a los (VIAJES EXTRAORDINARIOS) se refiere, y sin embargo, el pesimismo del escritor hace que las historias dejen de importar como lo hacían, porque su lector, como él, no quiere creer en que aquello que le hacía soñar pueda haberse vuelto contra él, contra el mundo, contra la misma idea del sueño, y la aventura, un algo aislado, *privado*, sólo disfrutable para unos pocos, oh, el mundo, ah, el mundo, que diría Ishmael, estaba *cambiando*, y la postura de Jules sobre él también. Todo, en esa segunda etapa, va volviéndose, con el tiempo, más individualista, y libertario. Y ¿qué hay de la tercera? Oh, la tercera ya ni siquiera es *toda* suya, porque en la tercera, todo lo publicado está intervenido por Michel, y esa visión pesimista, de un capitalismo existencial, el principio del fin de la humanidad entendida como, también, un (VIAJE) hacia el (CONOCIMIENTO), un (VIAJE) a la revelación del (MISTERIO), que nunca jamás va a revelarse porque, ¿qué somos? ¿Qué hacemos aquí? ¿Qué es todo esto? No hay forma de saberlo, nunca la habrá, pero existe una obra en marcha, y es una obra (COMÚN), y consiste en radiografiar eso con lo que nos hemos encontrado —nosotros mismos, el planeta, las fuerzas que lo mueven, cada componente de la materia, todo eso que *parece* existir y que sólo es, en realidad, lo que podemos percibir, con nuestros limitados sentidos, de todo lo que existe—, y en ese momento se divide, y deja, en algún sentido, de importar, deja de estar en el (CENTRO), el lugar que nunca debería haber abandonado, ¿y no es el viaje que hace Jules el viaje que hace el niño, o la niña, curioso, o curiosa, cuando *crece*? Es justo, pues, y deseable, leer al completo la obra de Jules Verne, no únicamente para asistir, como asegura Herbert, el señor Lottman, su más fiable biógrafo, al nacimiento del (MUNDO MODERNO), cada vez, y en especial, en esos primeros años en los que nada aún enturbiaba la mirada del genio, ni la del mundo, sino para entender una parte de la historia del propio mundo, y del individuo apasionado por ese mundo, e inevitablemente, habitante de *ese* mundo no repleto de individuos como él —desinteresados por más que hurraños genios, ilusos niños grandes con afán de protagonismo—, la historia de la decepción ante aquello que el ser humano también es —egoísta, cruel, retorcido, *nada* humanista—, entendida esta en un sentido global, y anticipatorio, que no ha hecho más que destilarse, y empeorar, con el tiempo.

«Ya no reconozco a nadie por la calle, casi no veo lo que escribo y vivo entre niebla», le dice, por carta, a su amigo Nadar, el famoso fotógrafo parisino, Gaspard-Félix Tournachon, en 1901. Todo le traía sin cuidado entonces. Entonces no hacía más que comer. Había vuelto la bulimia. ¿Se fue alguna vez, Jules? Su nieto, Jean, recuerda que, en esa época, su abuelo escribía hasta las once de la mañana y que, a partir de entonces, esperaba con impaciencia la comida, y cuando se le acababa la paciencia comía antes, solo, sentado en una sillita baja, «para acabar antes». Una vez había acabado con una pierna de cordero entera porque los invitados se retrasaban y él no podía soportarlo. Contaba su nieto, que, pese a que para todo el mundo, por entonces, Jules era famoso por «sus enfados, sus satisfacciones y sus disgustos», con él «era afable y bondadoso y, para evitar las discusiones inútiles, se refugiaba en el silencio cuando se daba cuenta de que la controversia podía envenenarse. Era un ejemplo de modélico equilibrio».

En el manuscrito que estaba redactando entonces, cuando le escribe esa carta a Nadar —el Michel Ardan de *De la Tierra a la Luna*, sí, Ardan es un anagrama de Nadar buscado, el fotógrafo y el escritor fueron buenos amigos desde el principio, y Jules quiso homenajearlo así en su primer libro—, un sabio autodidacta utiliza lo que acaba de descubrir —el secreto de la energía— para *manipular* un meteorito áureo y hacer que caiga en el lugar que él escoja, y pese a haber descubierto una mina de oro —que despierta la codicia del mundo civilizado y acaba enriqueciendo a su tío—, se retira luego a su modesto laboratorio, ajeno al milagro, de alguna forma, despreciándolo. ¿Y no les parece que habla de aquello que él mismo había conseguido? ¿Aquella (MINA DE ORO) que constituían sus historias, o que sus historias habían producido (AHÍ FUERA), en el mundo, donde nadie, aún, le parecía, le reconocía, donde nada iba a comprenderle (JAMÁS)? Se retira, el sabio, una vez montado el alboroto, a sus aposentos, *cansado* de eso que ocurre *fuera*, queriendo *volver* al inicio, a todo lo que ocurría cuando nada de lo que él había provocado —¿y no había provocado Jules Verne, en parte, todos aquellos descubrimientos? ¿No había indicado el camino? ¿No había desarrollado la (TRAMA) primero en papel, para que luego pudiese desarrollarse en (LA REALIDAD)?— había *pasado*. La novela se tituló *La caza del meteoro* y se publicó tres años después de la muerte del escritor. Es un humilde testamento, quizá el más enteramente sincero de todos. Un melancólico e injusto (MEA CULPA), y la definitiva asunción de lo maldito de cualquier gesto iluso, apasionado, *constructivo* ante una especie que *también* destruye, y sobre todo, reconoce a aquel que *destruye*.

Sirva en cualquier caso el *desvío* de Zephyrin Xirdal, el excéntrico *manipulador* de (MILAGROS), como epílogo a aquello que dio comienzo el 31 de enero de 1863 cuando *Cinco semanas en globo* llegó a las librerías. Oh, *Cinco semanas en globo* es el primer vagón que se interna en la (MINA DE ORO). Parece ser que el primer contrato que firmaron editor y autor es una página escrita por ambas caras y también parece ser que por entonces, cuando firman el contrato, la novela aún no tiene título. La llaman sin más: *Viaje por los aires*. Me digo que, puesto que el manuscrito, ese (VIAJE POR LOS AIRES), se había, supuestamente, posado sobre la cama de Hetzel en otoño del año anterior, apenas se habían producido retoques en el mismo, o no se habría publicado tan rápido.

Y que esto constituyó una excepción.

No he hablado aún del final *intervenido* de *Veinte mil leguas de viaje submarino*, Jules. Ni de cuándo acabó la tercera etapa de tu obra. ¿Cuándo acabó? Cuando por fin se publicó, en 1994, *París en el siglo XX*, el *tercer* manuscrito que le entregaste a Hetzel.

Síganme, es por *aquí*.

# 4

Thomas Pynchon en (LA ISLA MISTERIOSA) / El capitán Nemo odiaba (EL MUNDO) por una razón / Cada cual a su modo, (TODOS) somos (HIJOS) de Jules Verne, dice Ray Bradbury / Te llamaré (JULIO) y a nadie le importará que lo haga / El mapa de Phileas Fogg, y Nellie Bly, oh, (BUENA SUERTE, NELLIE BLY) / Escribir cartas en un despacho (FLOTANTE)

Fíjense bien en este principio:

—¡Aligeren cabos!

—Ahora con brío... con tiento... ¡Muy bien! ¡Preparados para largar!

—¡Ciudad del Viento, allá vamos!

—¡Hurra! ¡Arriba!

Entre tan animadas exclamaciones, la aeronave de hidrógeno *Inconvenience*, con la góndola envuelta en banderitas patrióticas y una tripulación de cinco jóvenes, miembros del famoso club aeronáutico conocido como los Chicos del Azar, ascendió con agilidad hacia la mañana y no tardó en aprovechar el viento del sur.

Y ahora fíjense en este otro:

—¿Estamos ascendiendo?

—¡No, al contrario, estamos bajando!

—¡Por Dios, arrojad lastre!

—¡Ahí va el último saco!

—¿Se eleva el globo?

—No.

—Oigo un ruido como el del oleaje.

—Tenemos el mar bajo la barquilla.

—Debe de estar a unos ciento cincuenta metros de nosotros.

Entonces una poderosa voz rasgó el aire y se oyeron estas palabras:

—¡Afuera todo lo que pese!... ¡Todo! ¡Y que sea lo que Dios quiera!

Esas fueron las palabras que resonaron en el aire, por encima del vasto desierto de agua del Pacífico, hacia las cuatro de la tarde del 23 de marzo de 1865.


¿No dirían que uno, el primero, es el reverso del otro? Ambas novelas dan comienzo así, con tan sólo diálogos, en mitad de un ascenso, y es un ascenso de globo aerostático. En el primero, todo marcha, todo es un (ÉXITO), el *presente* y el mundo *sopla* a favor. En el segundo, todo se está hundiendo, el presente es puro esfuerzo sin recompensa, *sobran* cosas, el mundo *pesa*, todo es aún difícil, *nada* sopla a favor. ¿Qué me dirían si les dijese que el primer principio es de una novela de Thomas Pynchon, la frondosísima y genial, la delirante y digresiva aventura *verniana*, *Contraluz*, y el segundo es nada menos que el inicio de *La isla misteriosa*, la, en muchos sentidos, obra más redonda, y aquella en la que la obsesión de

Jules Verne por el náufrago, aquí, *grupo* de náufragos, se perfeccionó hasta dar con algo nuevo, algo distinto, algo *propio*, que reunía, de alguna forma, todo aquello en lo que había consistido, hasta el momento, su *trabajo*? Publicada por entregas en el *Magasin d'Éducation et de Récréation* entre agosto de 1874 y septiembre de 1875, y reunida en un solo volumen —la clásica y majestuosa edición integral *navideña*, el regalo *perfecto*— a finales de noviembre de 1875, *La isla misteriosa* está protagonizada por un ingeniero, un adelantado a su tiempo, el inolvidable —y mítico— Cyrus Smith, el tipo que *modifica* el modo de vida en la isla en la que el globo de ese inicio *cae* —los cinco pasajeros habían sido tomados como rehenes en Richmond, estamos en plena Guerra Civil Americana: he aquí el probable interés de Pynchon en la novela, oh, olvidé decirles que sus protagonistas, esos que *ascienden* en un globo que funciona a la perfección en ese otro principio, son también *cinco*— hasta volverla casi un sucedáneo de la vida urbana —y eso que la isla está, como la isla de *Perdidos*, repleta de todo tipo de, sí, *misterios*, y por lo tanto, obstáculos, y ¿no es esa isla el mundo? ¿No es la (TIERRA) una isla desierta? Para Jules, *La isla misteriosa* —en la que, por cierto, aparece el capitán Nemo, y también el capitán Grant, pues forma parte de lo que se consideró una (TRILOGÍA), pese a que las fechas están ligeramente desordenadas, en la que *La isla misteriosa* está acompañada de *Veinte mil leguas de viaje submarino* y *Los hijos del capitán Grant*, siendo una suerte de *nudo* entre ambas—, «es una novela sobre la química», el destilado del conocimiento científico, y por eso durante la misma los protagonistas logran fabricar ácido sulfúrico, el producto químico más avanzado de la época, un *tour de force* para el autor, pues imaginen todo lo que Jules leyó al respecto, durante todas esas tardes, y esas noches, las notas que tomó en su propio manuscrito, siempre en el extremo derecho de la página, la columna derecha, dándose instrucciones a sí mismo, como, también, un científico en pleno descubrimiento. Oh, imagínenlo. El mundo a su alrededor desapareciendo. ¡El mundo desaparecido! Sin poder siquiera imaginar que en 1937 nacería un niño en Glen Cove, Nueva York, que, también, como el resto, le leería creyéndose parte de una expedición (ÚNICA) cada vez, sintiendo que estaba, como afirma Herbert, el señor Lottman, asistiendo al nacimiento del (MUNDO MODERNO), y se convertiría, como él, en escritor, el único escritor famoso, y respetado, *misterioso*, en vida, al que nadie ha podido jamás preguntarle absolutamente (NADA), y por lo tanto, (NADA) de él sabemos, y la única que habla es su (OBRA), oh, Jules, tal vez Thomas Pynchon te hubiese parecido un excéntrico, por su desaparición (COMPLETA), tal vez hubieses *jugado* a no comprenderlo, tan importante era para ti la condición de (ESCRITOR), y el ser reconocido como tal, pero ¿sabes? Creo que, en secreto, le envidiarías, porque él jamás ha tenido que enfrentarse con la decepción de lo que constituimos inevitablemente para el resto, en tanto seres imperfectos capaces de crear artefactos perfectos, o más o menos perfectos. Contienen, sus novelas, como las tuyas, como las mías, parte de su alma —todo aquello que no funciona, y también lo que funciona, lo que no existiría sin ti porque eres *tú*— pero la suya es un alma misteriosa, *opaca*, ni siquiera tiene una cara que no sea la cara de un niño adulto con un sombrero marinero, un sombrero de *soldado*, todo lo que de él existe es todo lo que sólo existe en sus libros, ¿y no perfecciona así la idea del autor? ¿No lo *protege*? ¿No lo *encumbra*? Desaparecido, Thomas Pynchon está a salvo, para siempre, de todo juicio, se ha instalado en el Nautilus, vive *bajo* el mundo, no en tierra firme, *lejos*, y sin embargo, está aquí, en todas partes, alimentándose de una realidad que sigue actuando sobre él como lo hacía de niño, bajo ningún tipo de foco.

Sin expectativas, el fracaso no existe.

¿No era eso lo que quería evitar el capitán Nemo? ¿El fracaso? No *su* fracaso, y quién sabe, quizá *también*, sino el fracaso de lo que suponía el mundo para él, la (DECEPCIÓN) insoportable ante un desencaje perpetuo, inevitable, feroz.

Es curioso, el final de *Veinte mil leguas de viaje submarino* es inexplicable porque no es tu final. Pero es *mejor* porque no se explica. Porque la misantropía del capitán Nemo permanece en eso que nos ha parecido desde el principio, un (MISTERIO), y uno en extremo doloroso, tan enorme cuando se imagina que resulta insoportable, el misterio de alguien que se ha autoexpulsado de su especie sin razón aparente. No gustó eso. Que no

hubiera una razón. Pero tú escribiste el porqué. Y a
Hetzel no le pareció bien. ¿Y por qué no le pareció bien?
Oh, no tenía nada que ver con la (TRAMA), no tenía nada
que ver con lo artístico, esto es, no tenía nada que ver
con la posibilidad, como ocurrió, de que la no explicación
elevase de alguna forma a la novela a clásico, un clásico,
por esa *opacidad*, de *culto*, sino más bien con los lectores.
Con lo que hoy consideraríamos los *haters*. Los posibles
*odiadores* de ese final. ¿Que quiénes eran? Los *rusos*.

Se diría que en ese tiempo, por más que fuese un
tiempo anterior a 1880, el año en el que definitivamente Jules Verne abandonó la (ILUSIÓN), ya había empezado este a ser consciente de la forma en que el mundo
estaba devorándose a sí mismo, e introdujo en la novela que escribió al menos dos veces, y que al principio se
llamaba *Viaje bajo las olas* —fíjense, empezó con un *Viaje por los aires*, luego fue al *centro de la Tierra*, y pensó a
continuación en (EL MAR) y lo que podía ocurrir bajo él,
en un pensamiento lógico que tiene mucho que ver con
la forma en que desarrollaba las tramas, y lo que estas
tramas permitían desarrollar en el mundo (REAL), ¿o no
es todo descubrimiento una cuestión de (QUÉ PUEDE
OCURRIR A CONTINUACIÓN Y CÓMO PUEDE LLEGAR A HA-
CERLO), es decir, no es cuestión de desarrollar una posible, por más que improbable, (TRAMA)?—, un detalle
que no era en absoluto inocente. El origen, y por lo
tanto, el pasado del capitán Nemo, que no es que cam-
biara, sino que se omitió. En una primera versión —no
retocada por Hetzel—, el capitán Nemo provenía de una

familia de nobles polacos que habían sido asesinados por las tropas rusas durante el Levantamiento de Enero —una rebelión contra el Imperio ruso que tuvo lugar en Polonia en 1863—. Puesto que Francia y el Imperio ruso eran aliados, Hetzel quiso evitar cualquier posible controversia política entre ambos países —así de populares eran las novelas de Jules Verne en 1870, capaces, en opinión de su editor, de provocar terremotos geopolíticos—, y de paso, evitar que las ventas se resintiesen, y quién sabe, también lo hiciese la imagen del autor. (ES-CRIBES PARA NIÑOS, JULES) (¡PARA JÓVENES!) (¿A QUÉ VIE-NE TODO ESO DE UNA VENGANZA?), pudo decirle el editor. Y sin embargo, pasó por alto un pasaje de la novela en el que el capitán Nemo menciona una fallida rebelión, capitaneada por Tadeusz Kościuszko, líder de la Revolución polaca de 1794, lo que sin duda da pistas sobre el origen y el sentido —la motivación— del personaje. Hetzel quería vender libros, y no quería molestar a nadie, quería que todo fuese limpio, y emocionante, y no estuviese manchado aún por las más bajas —y terribles, egomaníacas, destructivas— pasiones del ser humano, que sólo enalteciese aquellas que ponían en marcha la aventura, y sin embargo, el carácter de su autor fetiche iba oscureciéndose con el tiempo, y la inevitable decepción que su posición *nada* seria —en parte, consecuencia de la explotación que Hetzel le imponía, oh, le pagaba tan poco que hubo un tiempo en el que tuvo que volver a trabajar en la Bolsa, y también, en el que se presentó a concejal del Ayuntamiento de Amiens, porque, según aquellos contratos que nunca había considerado abusivos y sin embargo lo eran, ya verán cómo se anunció su muerte en los periódicos, oh, Jules, te hubiese destruido esa última (TRAICIÓN), merecerías regresar para ajustar algún tipo de cuentas, o quizá lo hayas hecho allá donde sea que estéis Hetzel y tú— le suponía, y toda esa misantropía y sed de venganza, la defensa de la violencia por parte del capitán Nemo —no olviden que, en latín, Nemo es *nadie*—, no le gustaba nada al editor, que le exigió suavizarla, y Jules, por supuesto, consintió, como consintió en no publicar jamás la que hubiera sido su tercera novela, la visionaria, y muy recomendable —échenle un vistazo, hay demasiado en ella de quizá, no tanto el siglo XX como el XXI, o *ambos*— *París en el siglo XX*, que a Hetzel le pareció «un libro muy, pero que muy inferior a *Cinco semanas en globo*», un libro que llenó de feroces comentarios en los márgenes, y en el que Verne, en su opinión, no decía nada nuevo sobre los peligros del progreso, y lo que es peor, le dice, «el libro no tiene vida». «Siento muchísimo, muchísimo, tener que escribirle esto, pero creo que la publicación de esta obra sería desastrosa para su reputación. Habría quien pudiera pensar que *Cinco semanas en globo* no ha sido sino una excepción. Yo, que tengo en las manos *El capitán Hatteras*, sé que, antes bien, la excepción es este fracaso, pero el público no lo sabría. [...] No está usted maduro para este libro. Dentro de veinte años podrá usted volverlo a escribir [...]. En resumidas cuentas, es un fracaso, y si cien mil hombres me dijeran lo contrario, los mandaría a paseo», escribe el editor. Fíjense en la violencia de sus argumentos, y a la vez, en la amenaza implícita del (FRACASO). Y piensen que Jules, por entonces, sólo había publicado una novela. Y tenía otra en marcha, y otra más, porque ya había empezado a anotar cosas para *Viaje al centro de la Tierra*. ¿Quién osaría contradecir al hombre que te había sacado de la (NADA)? Lo curioso es que jamás llegó el momento de publicar *París en el siglo XX*. Que no fue hasta que su bisnieto lo encontró en aquella caja fuerte, en 1989, que se planteó la posibilidad, y finalmente, se publicó. Lo hizo 89 años después de la muerte del escritor. Pero ¿qué tenía de tan abominable la novela? Oh, el pesimismo. Todo en esa novela era catastrofismo. «Los vecinos de la ciudad llevan unas vidas espantosas, y no hallan la salvación sino en la discrepancia» —¿les suena?—, opina Herbert, el señor Lottman, y a Hetzel «le parece que unas ideas tan subversivas no pueden tener cabida en un programa editorial destinado a lecturas familiares». Lo que ocurre en *París en el siglo XX* es que Michel —el protagonista—, un poeta, odia el mundo en el que vive, porque todo aquello que considera su herencia cultural está desapareciendo. Los estudios técnicos han prácticamente aniquilado a los de humanidades —¿les suena?—, y todos ellos se imparten en una escuela gigantesca y única que se encuentra en el Campo de Marte, y hay una ceremonia de entrega de premios cada fin de curso a la que concurren cientos de miles de personas, y nadie se acuerda de Balzac, ni de Victor Hugo, y la música, la pintura y la poesía son actividades clandestinas. Michel es un *disidente*, en ese sentido, ¿y qué más? Oh, la vida cotidiana ha mejorado muchísimo. Hay luz eléctrica en las calles, los transportes urbanos son rapidísimos —hay trenes aéreos— y silenciosos —los coches circulan sin ruido—; en las viviendas hay ascensores mecánicos —que en la época en la que se escribe la novela aún no se habían inventado—, y en las oficinas, telégrafos que transmiten tanto las cotizaciones de la Bolsa como cualquier cosa que se les ocurra. Por completo fuera de lugar en ese mundo *perdido*, Michel, *compone* un libro de poemas que nadie quiere publicar —las editoriales están, también, *muriéndose*—, no tiene casa, y vagabundea, y gasta su último franco en comprarle flores a la nieta de su profesor de literatura, y, oh, se desploma en el cementerio de Père Lachaise, mientras caminaba entre las abandonadas tumbas de poetas y escritores de un pasado en el que querría haber tenido la gran fortuna de vivir. ¿Y qué lamenta, Jules? ¿Qué fin del mundo considera próximo? Sin duda, tiene razón Hetzel en que la novela podría haber cambiado el curso de la carrera de Jules Verne, puesto que no hay en ella aventura, ni otro descubrimiento que el de la ciencia como, en algún sentido, *aniquiladora* del mundo interior, del pensamiento filosófico, crítico, *sentimental*, ilustrado, la ciencia como panacea universal excluyente, como amenaza a todo lo que no sea comodidad, y beneficio acrítico, valedora de un individualismo —como el contemporáneo— en el que la distinción respecto al otro —el que piensa distinto, el que no es como tú— consiste en negar su sola presencia, porque la masa informe manda, y el progreso no puede estar equivocado.

La novela no se publicó, pero que no lo hiciese no impidió a Jules seguir pensando lo que pensaba respecto a lo que ocurriría en el futuro, y así, el 13 de julio de 1902, publicó un pequeño ensayo en la *Pittsburg Gazette*, en el que predice que dentro de 50 o 100 años ya nadie leerá novelas. Cree, Jules, que a las novelas las sustituirán los periódicos. Porque opina que la realidad va a apartarlo (TODO), ¿y no es eso lo que está intentando hacer hoy? ¿No está la (REALIDAD), o eso que llamamos (REALIDAD), tratando de excluir todo lo demás, volviéndose, por momentos, tan ficticia como podía resultarlo entonces cualquiera de los descubrimientos que hacían los protagonistas de sus novelas? Las novelas no son «necesarias», escribe Jules. Los que deseen leer relatos históricos, los encontrarán en la prensa, y los recortarán para conservarlos. Incluso la novela fantástica estaba, para Verne, en vías de desaparición, porque los escritores del mañana, escribe, «trabajarán con la realidad». En ese momento está escribiendo su libro número 100, y se pregunta si escribirá alguno más. Le quedan tres años de vida, aunque, claro, no lo sabe. Lo dice únicamente porque es incapaz de redactar más de una o dos páginas al día, porque prefiere no abusar de la vista para poder leer y mantenerse al tanto de lo que ocurre en el mundo. Ya se han publicado entonces 84 de esos 100 libros, y si siguen editándose novelas suyas cada seis meses, es probable que diez, o incluso veinte, lo hagan a título póstumo. Así ocurriría. En algunas de estas últimas novelas publicadas, su hijo Michel había intervenido *tanto* que resultan las primeras novelas firmadas por Jules Verne con relaciones verosímiles entre personajes —sobre todo, entre hombres y mujeres—, pues Jules las descuidaba, le traían sin cuidado, para él todo estaba (AHÍ FUERA), la (VERDAD) era eso que no conocíamos, y lo que conocíamos sólo un burdo, y ridículo, entretenimiento, algo que no podía en ningún caso (IMPORTAR), y sin embargo, ¿no había sido él (JULES VERNE) precisamente por todo eso? ¿No había manipulado sabiamente a sus padres primero, y luego a su esposa, para no hacer nunca *nada* que no fuese *escribir*? ¿No fue, a su manera, también, un (GENIO) de las relaciones de poder? ¿No se sometió cuando consideró que debía hacerlo, y se rebeló para no dejarse *atrapar*, para convertirse en aquello de lo que se había enamorado de niño, un (NÁUFRAGO) capaz de abrirse camino en su propia isla desierta, irremediablemente rodeada de gente, y obligaciones, de una sorda e impenitente decepción que nunca hizo otra cosa que crecer, y (CRECER), y crecer? Echen un vistazo a cualquiera de esas novelas póstumas, y verán en ellas algo más, verán personajes falibles, no esquemáticos, no protegidos por la rigidez del que teme no estar siendo (PERFECTO), no estar describiendo un modelo aspiracional inexistente, y, en su opinión, necesario. Todo es obra de Michel, el hijo al que Jules temió durante toda su vida, y que sólo hacia el final aceptó, sincerándose ante sí mismo al llegar a la conclusión de que había sido lo opuesto a él. Durante toda su vida, Jules temió a su hijo como quien teme a un *doppelgänger*, un doble, un sosias, y no uno maldito, sino uno idéntico, un *vividor*, un derrochador. O, quién sabe, quizá eso era todo lo que Jules había recibido de su padre, la desconfianza —en su caso, justificada—, y no consideró que debiese ofrecerle a su hijo otra cosa —aunque, ciertamente, el episodio del internamiento en la cárcel ante inexistentes pruebas de algún tipo de desfalco familiar cuando el chico no era más que un chico, un menor aún, es terrorífico, y también lo es que nadie le parase los pies, ¿creía Honorine que su hijo era un ladrón? ¿Qué había robado exactamente? ¿Qué puede robarse que importe tanto a los 16 años? Nunca hubo, insisto, pruebas de que ocurriera *nada*—, y no lo hizo hasta el final, cuando, curiosamente, después de incluso haberle hecho embarcar como marino en un barco —*L'Assomption*—, trató de salvarle introduciéndole en su mundo, y descubrió que, después de todo, escribía francamente bien. Si tienen curiosidad, busquen *La agencia Thompson y Cía*, que, aunque la firmó su padre, la escribió casi por entero *él*. O bien, háganse con un ejemplar de *En el año 2889*, o *Un expreso del futuro*, que Michel publicó por entregas en vida de su padre —el año es 1895—, verán que hay en ellas más historia, o plasticidad, los personajes verdaderamente *importan*, guían, de alguna forma, la acción, y no son meros vehículos *justificados* de la misma.

Jules aspiró a convertirse en un estilista. Se lo dijo así a Hetzel. «Aspiro a convertirme en un estilista, pero en un estilista de verdad. Llevo pretendiéndolo toda la vida», le dijo. Recuerden aquel (OBSÉRVENME) (ALGÚN DÍA SERÉ ALGUIEN) (UN ALGUIEN IMPORTANTE). Quería, Jules, ser un gran literato. Y consideró que lo era. Era un literato exitoso. Oh, no les he hablado de lo que ocurrió con *La vuelta al mundo en ochenta días*. Cómo le convirtió en (DRAMATURGO), o más bien, convirtió su obra en una de las obras de teatro más exitosas de la época, y la época es 1874 —dos años después de que se publicara la novela—. La obra dio la vuelta al mundo. Les daré algunas cifras, no de *La vuelta al mundo en ochenta días*, sino de *Veinte mil leguas de viaje submarino*. No siendo la más vendida —la más vendida es *La vuelta al mundo en ochenta días*—, de la historia del capitán Nemo y su Nautilus se han vendido más de 60 millones de ejemplares —millones que no dejan de *ascender*—, y se han hecho 711 ediciones —también en perpetuo *ascenso*—, y más de 147 traducciones. Hoy, Jules es una *marca*. En las tiendas de *souvenirs* de Nantes, su ciudad natal, hay ejemplares que imitan las ediciones originales de los (VIAJES EXTRAORDINARIOS), y hay juegos de mesa, y brújulas, y catalejos, pequeñas biografías, libros de curiosidades, *amor*. Y sin embargo, Jules nunca se sintió querido. O no lo hizo por aquellos que le importaban. Al principio, aspiró, en serio, a formar parte de la Academia Francesa, aunque admitía que era «un sueño» sólo al alcance de «quien posea una gran fortuna o una destacada posición política». Hetzel le animó, sin embargo. Dijo que no podía negarse la evidencia de su talento, y también dijo que Dumas hijo podía apoyarle. Existe una leyenda que asegura que el hijo de Alexandre Dumas dijo: «Ya que papá no llegó a pertenecer a la Academia Francesa, debería entrar en ella Verne, que es como un Dumas científico. Para mí sería como si votasen por mi padre». Pero, dice el señor Lottman, Herbert, que no es más que eso, una leyenda. Y sin embargo, Jules mantuvo la esperanza durante *años*. Años en los que los académicos iban *muriendo*, y se nombraban otros, y él nunca era uno de esos otros. Y se murieron *muchos*, decenas, y una y otra vez Jules esperaba el telegrama, la carta, lo que fuese que hacía la Academia para comunicar que serías el próximo académico, y ¿saben qué? Jamás llegó. Al final de su vida, Hetzel seguía insistiendo en que era posible, y Jules decía que ojalá no se les ocurriera entonces ya, porque entonces sería él quien se negaría a formar parte de aquella «bobada» que le había hecho perder el sentido común durante demasiado tiempo. ¿De veras creía que el mundo le estaba entendiendo? ¿Que ese mundo iba a aceptarle? ¿Por qué? ¿No tenía éxito? ¿Y no es el éxito a menudo sinónimo de (DESPRECIO) por parte de aquellos que no lo tienen, y no entienden por qué no lo tienen? Piensen, una vez más, en el capitán Nemo, el capitán Nadie, alguien por completo *borrado* que aborrece a la civilización porque en ella no existe como le gustaría poder existir, y tal vez descubran que Jules

Verne nos estaba diciendo que no importa lo bien que uno haga lo que hace, a nadie le gusta ver brillar a los demás.

Pero te equivocaste, Jules.

Y te diré por qué.

Te fijaste en quien no debías.

Pero ¿cómo ibas a poder fijarte entonces en quien debías?

¿Existía siquiera?

Ojalá pudiera hacerte llegar un ejemplar de este ensayo, junto a una de esas cervezas *nantianas* que sirven en ese bar canadiense llamado (¡DIABLOS!), o (¡DEMONIOS!), (¡TABARNAK!), una Triple hecha en Nantes, con la siguiente frase subrayada. La siguiente frase es de un gran escritor. Su nombre es Ray Bradbury. ¿Y sabes qué dijo? Dijo: «Cada cual a su modo, todos somos hijos de Jules Verne».

Lo somos, Jules.

Todos.

Al menos, todos aquellos que hemos intentado llegar más lejos. Existe un mundo, y existe un mundo literario, y existen quienes usan el primero para *avanzar* en el segundo, y que su avance repercuta en el primero, de alguna forma, y sólo en tu caso, Jules, esa forma tuvo que ver con aquello que la (IMAGINACIÓN) hace con la (REALIDAD), ¿y qué hace? (CREARLA), siguiendo su propia, y única, (TRAMA). Pero ¿sabes qué ocurre cuando uno hace algo tan (ENORME) como eso? Que se convierte casi en un animal mitológico, algo ficticio, inexistente, imposible. Quizá por eso te borramos. Lo hicimos, Jules. ¿Sabes? Ni siquiera conservamos tu nombre. (TE LLAMARÉ JULIO), debió decirse algún editor en español, porque ¿qué era aquello de (JULES)? ¿Cómo iba a pronunciarse tu nombre? ¿Acaso importaba tu nombre? ¿O lo que importaba era que tus libros se vendieran como se vendían, como se siguieron vendiendo durante *siglos*, sin importar que hubiese tras ellos un alguien (REAL), un alguien que se despertaba cada día a las cinco de la mañana y escribía sin descanso, escribía *felizmente* —navegar y escribir era lo que más amaba en el mundo—, un alguien que no podía evitar comer demasiado —y murió víctima de un ataque diabético que no se tuvo como tal—, un alguien que se sintió solo, siempre, toda su vida, tan solo que no podía evitar escribir a sus padres, sin descanso, llamando su atención, con cualquier cosa, (ESTOY AQUÍ), les decía, (ESTOY AQUÍ), (QUEREDME), (TODO ES MUY DIFÍCIL), (OS QUIERO), (ESCRIBIDME), (POR FAVOR)? Piensen en la clase de autores a los que se les ha negado el nombre, y cómo en ningún caso caímos en la cuenta de ello cuando se trató de Jules Verne. Le llamamos, inequívoca y frívolamente (JULIO), porque no era (NADIE), sólo el tipo que hacía esas (NOVELITAS) para niños, que leímos deseando que el mundo fuese como en ellas se describía, deseando formar parte de cualquiera de las tripulaciones que imaginó, sin pensar que el tipo que estaba imaginando todo eso también era un alguien, y había sido un niño, como nosotros, y ahora era (NADIE), alguien llamado (JULIO VERNE), una (MARCA) sin pasado a la que nada iba a dolerle (NUNCA), aunque todo le había dolido (SIEMPRE).

Hay un personaje en la singular y gótica, la fantasmagórica, *El castillo de los Cárpatos* (1892) que podría contener —y sin duda, lo hace— al artista que siempre se sintió Jules Verne. Se lo dijo a Hetzel, lo dejó bien claro, por carta, en las entrevistas que concedió, (YO SOY UN ARTISTA), dijo, ¿y saben qué? Lo era, lo fue, nadie que se observe y se exprima, se autodestruya a cada paso como él lo hizo —siempre oculto tras la *armadura* de su ficción, tan improbable que no hacía pensar que le contenía, pero, oh, ahí estaba él, en cada uno de sus personajes infalibles que, en realidad, se sabían de lo más falibles—, no podría no serlo. Pero, decía, en *El castillo de los Cárpatos* existe un personaje que, sin duda, es él hablando de sí mismo. Es un personaje femenino. Es una «gran artista». Su nombre es Stilla. De ella se dice que su «canto a los cielos se llevaba el dolor», y también, y sobre todo, y estas son palabras de Verne, «se rumoreaba que esa gran artista, que reproducía a la perfección los matices del cariño y los sentimientos más poderosos del alma, nunca los había experimentado en su propio corazón. Nunca había querido a nadie, nunca había devuelto una mirada a los miles de ojos que la arropaban en escena. Pareciera que tan sólo quería vivir en su arte y únicamente para su arte». La decisión de Jules de no abandonar Amiens, de vivir (LEJOS) de París, el epicentro del mundo al que quería pertenecer pero al que sabía que jamás podría pertenecer —no, él nunca iba a ser aceptado—, protegió sin duda aquello que hacía, (SU ARTE), sus (VIAJES EXTRAORDINARIOS), pero le dejó a él, a aquello que también era, un escritor en busca de reconocimiento —y el éxito no es reconocimiento, el éxito es sólo éxito, oh, uno quiere ser reconocido por sus iguales, y a menudo equivoca quiénes son sus iguales, cree que cualquiera que se tiene a sí mismo por escritor es un igual, y no es así, porque no es lo mismo tenerse por escritor que serlo, y Jules, tú lo fuiste, y ¿sabes? Ray Bradbury también, y Thomas Pynchon, la escritura es una enfermedad, pero una que te salva, ¿de qué? Quién sabe, el mundo, tú mismo, la muerte, todo eso que no vivirás pero querrías haber vivido—, solo.

Pero ¿sabes qué, Jules?

Nunca lo estuviste.

Piensa en Nellie.

Nellie Bly.

La mujer que dio la vuelta al mundo en 72 días.

Sin ti, no se habría atrevido a proponerle a su jefe, que no creía que una mujer pudiese dar la vuelta al mundo en 80 días, o menos —porque, oh, iría *cargada* con vestidos, y necesitaría de, ¿qué? ¿Criados? ¿Infinidad de ellos para cualquier cosa?—, que daría la vuelta al mundo y lo contaría, que seguiría tus pasos, Jules, los de Phileas Fogg, uno de tus personajes más desnudos, más probablemente basado en tu impertinente, tu disimulado, tu tormentoso —y *asesino*— trastorno obsesivo compulsivo, esa rutina que te protegía, como los cuadernos, como si fuese una armadura.

Pero lo hizo.

Te leyó, y dijo, (BIEN) (ESTO ES LO QUE HARÉ).

Fue a ver a su jefe en el *New York World*, y le dijo que daría la vuelta al mundo en menos tiempo que Phileas Fogg. Él desconfió, y quiso enviar a un tipo, pero otro periódico estuvo a punto de adelantarse con el asunto de que fuese una mujer la que viajase, y él accedió. Oh, Nellie era francamente convincente. Se hizo coser un vestido que pudiese no quitarse, que le sirviese para todo, y se fue, ligera, acompañada prácticamente de no otra cosa que cuadernos, y lo consiguió.

Ya saben la historia, y si no, les recomiendo echar un vistazo a *La vuelta al mundo en 72 días y otros escritos*. Tú estás ahí dentro, Jules.

Y todos nosotros *también*.

Porque, en un momento dado de la aventura, se le presentó a Nellie la oportunidad de pasar por Amiens —cosa harto complicada, que podía acabar con la misma idea de que el viaje tuviese éxito, pero, adivinan qué, no lo hizo, oh, la fortuna favorece a los audaces— y visitar a Jules Verne y a Honorine. El año era 1890 —porque ella había partido a finales de 1889, pero no regresó a Nueva York hasta el 25 de enero de 1890—, y «al verlo, sentí lo mismo que hubiera sentido cualquier mujer en parecidas circunstancias. Me pregunté si llevaría la cara manchada de hollín y si estaría despeinada», escribe. El escritor y su esposa la fueron a recoger a la estación de tren. «Miss Bly me pareció muy enérgica y muy resuelta. Parecía un apuesto jovencito muy capaz de acabar el viaje en el plazo previsto», le contó el escritor en una carta al periódico *Le Temps*, asegurando que había estado encantado de conocer a aquella «joven y hermosa norteamericana». Nellie relata el encuentro prolija y apasionantemente en su crónica. Habla del perro negro y flaco que se abalanza sobre ella cuando llegan a casa para darle la bienvenida; habla del «precioso jardincito de invierno» que atraviesan antes de llegar al salón en el que Honorine encendió la chimenea «con sus propias manos». Fue entonces cuando se fijó en el escritor, y en que su cabellera, «blanca como la nieve, lucía un artístico despeinado», y que sus gestos animados «mostraban energía, vida y entusiasmo». Le habló Jules de sus lectores norteamericanos, y de cómo los tenía en cuenta —es cierto que recibía cientos de cartas de lectores, no sólo norteamericanos, y que ellos le contaban sus problemas y sus aventuras y le sugerían argumentos, ¿y no eran para ti suficiente, Jules? Oh, no lo eran, ¿por qué demonios nos empeñamos siempre en buscar el reconocimiento donde no vamos a encontrarlo JAMÁS? ¿Es la certeza de que, sin esa necesidad, (NADA) tendría (SENTIDO)? ¿Es la certeza de que, al alcanzarlo, todo acabaría para nosotros? ¿Eso en que consiste nuestra vida? ¿Ser cada vez *mejores*? ¿Llegar cada vez más lejos? ¿Para *nadie*, puesto que *nadie* va a reconocerlo? Oh, aquellos que lo hacen nos traen sin cuidado, ¿verdad, Jules? Queremos *más*, necesitamos a

los que (NUNCA JAMÁS) lo harán—, y le preguntó por qué
no iba a Bombay, como Phileas Fogg, a lo que Nellie
respondió, divertida: «Porque me importa mucho más
ganar tiempo que salvar a una viuda joven». A lo que
el escritor replicó: «Es posible que salve usted a un viu-
do joven antes de regresar», y sonrió, y ella «sonrió con
un sentimiento de superioridad, como lo harán siempre
las mujeres libres de obsesiones ante las insinuaciones
de ese tenor». Luego pasó a su despacho, y se quedó ató-
nita ante lo diminuto y austero del mismo. Descubrió
un montón de manuscritos desordenados sobre la mesa,
y se fijó en que lo único que parecía hacer era suprimir
detalles superfluos, que nunca añadía *nada*. No había en
la habitación más mueble, además de la mesa y la silla,
que un sofá bajo. Lo que veía por la ventana era el túnel
del ferrocarril. Oh, no les he contado que Jules Verne
siempre vivía cerca de una vía del tren. No importaba
dónde fuese. Siempre había cerca un ferrocarril.

Pero volvamos al despacho.

Ya no queda mucho tiempo.

Jules Verne está desplegando un mapa ante Nellie Bly.

Es el mapa del itinerario ficticio de Phileas Fogg.

Con un lápiz, traza el escritor el itinerario de Nellie Bly
en ese mismo mapa, sobrescribe la realidad sobre la
ficción, y lo hace, feliz, henchido de orgullo. Vuelve a
tener, quién sabe, los 23, o 24 años que tiene en la postal
de tamaño generoso que estos días preside mi desordenada mesa. Vuelve a llevar algún tipo de lazo caballeresco
anudado al cuello, y mira inconcreta aunque ceñudamente

hacia ninguna parte. Resulta, una vez más, inconscientemente atractivo. Su mirada, decidida, ya no ilusa, pero aún bravísima, dice (OBSÉRVENME) (HE SIDO ALGUIEN) (UN ALGUIEN IMPORTANTE) (ELLA LO SABE) (YO TAMBIÉN LO SÉ) (LOS DEMÁS ME TRAEN SIN CUIDADO) (AHORA MISMO, ME TRAEN SIN CUIDADO) (SIEMPRE LO HAN HECHO, EN REALIDAD). Nellie no puede oírle pensar todo eso, pero contempla fascinada el mapa en el que sus pasos y los de Phileas Fogg se unen, y dice que piensa completar la hazaña en 75 días. Jules sonríe, y tal vez piense (ASÍ ME GUSTA) (NELL) (ASÍ ES COMO FUNCIONA), y le dice que si consigue hacerlo en 79 la aplaudirá a rabiar. Oh, toda esa gente que se quedó afónica vitoreándola en el puerto de Nueva York, Jules. Tú también hiciste eso. Brindan. Se sirven un par de copas y brindan antes de que Nellie se marche. Jules le desea buena suerte, le dice, en un inesperado y cortés inglés, (BUENA SUERTE, NELLIE BLY).

*Good luck, Nellie Bly.*

Oh, Jules.

¿Es verdad que no pegaste ojo hasta que Nellie llegó a casa?

¿Que leías todo lo que de ella se publicaba?

¿Que cruzabas los dedos para que llegase a tiempo a todos los transbordos?

¿Sabes, Jules?

Era para Nellie para quien escribías.

No para todos esos miembros de la Academia Francesa.

Tampoco para todos esos que se tenían a sí mismos por escritores pero no lo eran, y nunca lo serían, oh, el mundo, Jules, está repleto de ellos.

Escribías para Nellie, y Nellie era todos nosotros.

Y tú lo sabías.

La viste, ese día, en tu casa, y lo supiste.

Le habías cambiado la vida.

Nellie Bly era también *tú*, una parte de ti, eso que *despertó* en el pequeño Jules cuando se topó con aquel ejemplar de *El Robinson suizo* de Johann Wyss y decidió que seguiría sus pasos, porque no había nada mejor que (ADMIRAR) aquello que te había deslumbrado, y tratar de que aquello se sintiese, de alguna forma, (ORGULLO-SO) de ti, porque nada más lo iba a estar (NUNCA), porque tú no eras como el resto, y lo sabías, y ¿sabes qué? Tus lectores *tampoco* son como el resto, y lo saben, y te reconocen, lo han hecho durante *siglos*, Jules, y es emocionante, casi *mágico*, prácticamente una escena imposible de cualquiera de tus novelas, que acabáramos (ALLÍ), todos nosotros, en tu despacho, embutidos en (NELLIE BLY), todos tus lectores del futuro, tus lectores del pasado, los lectores presentes, y que pudieses sentir, porque lo hiciste, la (ADMIRACIÓN) que jamás debería negársele a un (GENIO), y que nunca se le niega por parte de aquellos que están en paz con lo que son, como lo estuviste tú, desde el principio, y no importa que, al final de tu vida, el *New York Times* considerase que no habías importado tanto como lo había hecho tu ingenuidad —el titular fue horrible, decía: *Jules Verne ha muerto. Un contrato de 4000 dólares anuales obligaba al autor a escribir dos novelas al año—*, que no importabas tanto como la *cantidad* de aquello que habías producido en pésimas condiciones por no haber sido suficientemente (LISTO), oh, malditos sean, Jules, ¿sabes qué? No importa lo más mínimo porque cuando Nellie Bly lo consiguió, tú no podías creértelo, y eras (FELIZ), y escribiste aquello, escribiste un telegrama apresurado en el que le dabas la (ENHORABUENA), decías, (NUNCA DUDÉ DEL ÉXITO DE NELLIE BLY. SU ARROJO LO HACÍA PREVISIBLE. HURRA POR ELLA Y POR EL DIRECTOR DEL *WORLD*. ¡HURRA, HURRA!). Oh, cada día marcabas su avance con banderitas en el mapa, y pensabas, ¡Dios, cuánto me gustaría ser aún libre y joven!, y también (ME HABRÍA ENCANTADO HACER ESE VIAJE, INCLUSO EN LAS MISMAS CONDICIONES: DAR LA VUELTA AL MUNDO A TODA PRISA, SIN VER CASI NADA. ME HABRÍA PUESTO EN MARCHA SIN PENSÁRMELO DOS VECES Y LE HABRÍA PROPUESTO A MISS BLY ACOMPAÑARLA).

¿Y no lo hiciste, Jules?

Yo creo que lo hiciste.

Oh, toda esa gente que se quedó afónica vitoreándola en el puerto de Nueva York, Jules. Sin ti, no hubiera existido. Porque ¿acaso hubiera soñado el mundo, ese que quiso entenderte y lo hizo, con alguien que diese la vuelta al mundo *así*, sin ti?

Tal vez aún escribas cartas.

Te imagino escribiendo cartas en tu despacho flotante, el despacho flotante que *armaste* en el primer *Saint-Michel*, tu despacho en alta mar. En mi memoria, permanecerás ahí para siempre. En ese no lugar *nautiliano*, escribiendo. Y escribiendo también cartas. Escribes a Nellie Bly, apasionantes cartas que recibimos *todos*, tus lectores, los que somos capaces de verte detrás de cada historia que escribiste, de esa ambición sin freno, poderosamente infantil, limitada por todo aquello que hace del mundo, el mundo, y que hizo de ti la clase de escritor que fuiste.

Oh, Jules, sólo somos lo que somos.

Y está bien que lo seamos.

Porque nadie puede serlo por nosotros.

Créeme, una parte del mundo te entendió, y te entendió muy bien, Jules.

Esa parte de mundo diría, en cualquier momento, lo mismo que dijiste tú de Nellie Bly cuando llegó a Nueva York y completó la vuelta al mundo.

¿Que qué fue lo que dijiste?

Oh, el periódico publicó lo siguiente:

(VERNE DICE: BRAVO).

Y eso está tratando de decirte este pequeño libro, Jules.

(BRAVO).

Nunca dudamos de tu éxito, como le dijiste a Nellie.

Tu arrojo *también* lo hacía previsible.

Hurra por Jules Verne, y sólo por él.

¡Hurra, hurra!

# Biblioteca **Jules Verne**
## en El libro de bolsillo

De la Tierra
a la Luna

La vuelta al mundo
en ochenta días

Veinte mil leguas
de viaje submarino

Viaje al centro
de la Tierra

La isla misteriosa

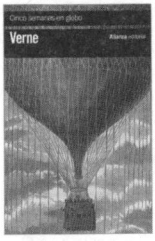

Cinco semanas
en globo